〜平穏に暮らしたいのに、周りがそうさせてくれません〜
夜桜ユノ
Yuno Yozakura
Illust. にもし
成長率100倍チートの転生幼女
DRE NOVELS

Seichouritsu 100 bai cheat no

TENSEI YOUJO

Heionni kurasitainoni ,
mawariga sousasete kuremasen

～平穏に暮らしたいのに、周りがそうさせてくれません～

成長率100倍チートの転生幼女

夜桜ユノ

Yuno Yozakura

Illust. にもし

もくじ

第1話

私が強くてどうすんだ!?

唐突かつ、ありきたりな導入で大変申し訳ないんだけれど……。

私――小山内咲《おさないさき》は異世界転生の為の『転生の間』という場所にいた。

周囲は薄暗く、床には薄く発光している魔方陣が描かれていて、私はその上の地べたに座っている。

目の前には『転生の女神』を名乗る、若くて可愛《かわい》らしい女性。

薄く透けるような淡い青や銀のベールでできている露出の多い服を着て、その小さめの背格好には見合わない古めかしい石でできた大きい椅子に座っていた。

そして、新入社員のようにたどたどしい様子で私の人生を記した手元の書類を読み上げている。

うふふ、ゆっくりで良いのよ。

誰だって仕事に慣れていないうちは緊張するんだから。

――なんて現実逃避しつつも、頭の奥底では理解している。

どうやら私は死んでしまったらしい。

生前の私は小山内という名が体を表すように大人になっても小学校高学年と見間違うような子供体型の女性だった。

だから常に周囲に舐《な》められ、学校でも会社でもからかわれてイジメられていた。

高校卒業後は、旅行代理店に就職。

これがまたとんでもないブラック企業で……。

毎日仕事を押し付けられてはオフィスの一角で書類の山と朝チュンを何度も繰り返したみだらな女なのだ。

そういうこともあってか、こうしていざ死んでみると大して悲しいものでもない。

私の両親は私が幼い頃に借金を残してどこかに消えてしまったし。

幼少期からの栄養不足と不眠症のせいで成長も止まって子供体型のままだった私に男なんてできるはずもなく。

天涯孤独の私が死んだところで、悲しむ者もいない。

そんな私の空っぽだった二〇年間の人生はＡ４用紙一枚程度で足りてしまうものだったようで、すぐに女神様は読み終えてしまった。

大粒の涙を流して、しゃくりを上げながら――

「うぅっ、グスッ……ひっく……」

「そ、そんなに感動的でしたか？　私の人生……？」

「いえ、まさかこんなに何もない……残念な人生だったなんて思いもしなくてぇ！　お、お気の毒すぎますぅ！」

ほっとけ！

分かりきっていたことではあるが、改めて人に言われると頭にくる。

とはいえ、相手は女神様（自称）だ。

矮小《わいしょう》な存在である私のような人の子はできるだけへりくだってせいぜい地獄に落とされないようにするしかない。

「それで、死んでしまった私はこれからどうなるのでしょうか？」

質問をすると、女神様は私の様子を見て驚く。

「すでに自らの死を受け入れているのですね！　驚きです！　若くして亡くなった方は大体慌てふためいたり、泣き叫んだりすると聞いていたのですが……」

「まぁ、私の人生はもともと死んでいるようなモノでしたから」

「えっとその……これからは強く生きてくださいね？」

死者に向かってなんだその助言は。

女神ジョークか？

なんて思っていると、女神様は椅子から立ち上がり、私に向けて両手の人差し指を一本ずつ立てた。

「さて、亡くなってしまった貴方《あなた》には二つの選択肢があります。一つはまた新しく現世に生まれる『輪廻《りんね》転生』です」

そう言うと、右手の指の先で私が生きていた世界が投影される。

多くのビルが立ち並び、車が道路を走っていた。

見慣れた光景だ。

「そしてもう一つは『異世界への転生』です」

その一言と共に、今度は左手の指の先で様々なモンスターや剣士と魔法使いが投影されている様子が映し出される。

それを見て、私は興奮のあまり立ち上がった。

「異世界転生！　私、知ってます！　チートな能力を与えられて、めちゃくちゃ都合の良い事ばかり起こるやつですよね！」

「へっ⁉　何ですか、その変な知識はっ⁉」

「私、知ってるんです！　生きてた時に、そういう作品を沢山《たくさん》読んで現実逃避をしていたので！」

鼻息を荒くして迫る私に、女神様は大きなため息を吐《つ》いた。

「えぇっと、残念ながら異世界転生は転生者の居ない異世界に新しく生まれ変わらせるだけで、特にチート能力などは与えない事になっているんです」

「な、なんだぁ……そんなに都合が良い話はやっぱりお話の中だけだよね……」

私がガックリと肩を落とすと、女神様は長いタメを作りながら「ふっふっふっ」と笑いながら口を開く。

「ですが……」

「……へ？」

「なんと……」

「はい？」

「今回に限り……！」

「今回に限り？」

「転生するに当たりまして、貴方の望みを何でも叶《かな》えて差し上げます！」

テレビでよく見る通販番組みたいな手法で謎の盛り上がりを作る女神様。

「ほ、本当に何でも願いを叶えてくれるんですか⁉」

「はい！　貴方だけの特別待遇です！」

確かに嬉《うれ》しいけれど……。

私は疑っていた。

だって、前世では何も良い事なんてなかった。

もし、ハズレくじが一枚だけ入った抽選箱を渡されたら必ず引いてしまうくらい運に見放された人生を送ってきたのが私だ。

それなのに、死んだ人全員に与えられるならまだしも、なんでよりにもよって何の取り柄もない私のようなモブキャラ請け合いの一般人Aなんかに特別待遇を……？

これは、絶対に何か裏がある。

「あの……な、なんで私だけ特別なんですか……？」

私が恐る恐る尋ねると、パチパチと拍手をしていた女神様はその手を止める。

そして、笑顔のまま頬に一筋の汗を伝わせた。

まるで、聞かれたくない事を聞かれてしまったかのような反応だ。

女神様は気が乗らない様子で話し出す。

「えっとその……咲さん、ご自身が亡くなった原因を覚えていますか？」

女神様に言われて、私はおぼろげながら自分の最後の記憶を思い出そうとする。

（えっと、あの日は確か……）

いつものように徹夜で仕事を終えて……。

ふらふらとした足取りで自宅の安アパートに帰る途中――。

私は、ハッとして思い出す。

「――！　そ、そうだ！　私、『白い猫』が車に轢《ひ》かれそうになってるのを見かけて助けに飛び出したんだ！」

「あ～、えっと……」

納得がいく理由を見つけた私は両手をパチンと叩《たた》く。

「――分かった！　きっとそれが神の化身やら、神の使いか何かだったたってパターンだよね！　だから願いを叶えてくれるんでしょ⁉」

「あはは……た、大変言いづらいのですが……」

目の前まで迫る私に、女神様は最大限に気を使ったような表情でゴクリと唾を飲み込んだ。

「……『ビニール袋』です」

「――へ？」

「アレは、白い猫ではなく。風に乗って偶然猫っぽく見えたビニール袋だったんです」

「…………」

理解するのに時間がかかる。

猫じゃなくてビニール袋？

居るか？　そんなとんでも勘違いをする馬鹿が。

私はその時の事を思い返す。

「……そういえば、突き飛ばしたのになんか感触がなかったような。もふもふが感じられなかったし……」

自分が死んだこと以上に受け入れがたい事実を、私は確認の為に改めて言葉にする。

「つまり、働きすぎてぼんやりとしていた私は『ビニール袋』を白猫と見間違えて、かばって車に轢かれて死んだ……ということですか？」

「……おっしゃる通りです。ご安心ください、おかげでビニール袋は轢かれずに済みましたよ！」

「………………」

何てマヌケな死に様《ざま》だろう。

そして、飛び出した私を轢き殺させてしまった運転手の方ごめんなさい……。

これからは、『ビニール袋を猫と見間違えた愚か者が突然飛び出してくるかもしれない運転』を心がけてほしい。

そして、ビニール袋を捨てた奴《やつ》を私は絶対に許さない。

とはいえ、どんなに悔やんでも後の祭りだ。

それに、最初にも述べた通り正直死ぬこと自体はそんなにショックでもない。

「そ、それで……それがどう今回の特別扱いと関係するのでしょうか？」

私が真相を尋ねると、女神様は少し言いづらそうに答えてくれた。

「実は私の上司は死を司《つかさど》る冥界の神――ハデス様というのですが」

「ハデス様ね、何だか聞いたことがあるようなないような名前ね」

「ハデス様は全ての死者を裁く立場なのです。それで、ハデス様が貴方の死因を判決の場で読み上げたのですが」

「ですが……？」

「そのあまりの理由に途中で笑ってしまい。しばらく判決が中断されたんです」

「…………」

大丈夫か、冥界。

現実で例えると、裁判長が裁判中に爆笑したようなモノだろうか。

「そんなに笑えますか？　私の死に様」

「ハデス様は『千年ぶりに笑った』っておっしゃられていました」

「そんなにですか」

冥界は余程娯楽に飢えているのだろうか？

「また、ハデス様は『勤勉』を信条とする神なので咲さんの生前の社畜っぷりを見て非常に感心されたようでして……」

それを聞いて、少し納得した。

疲れすぎていると、何でもないことで笑ってしまうことがある。

ハデス様も私と同じ社畜らしい、勝手に少しだけ親近感を抱きつつ、私は女神様に答える。

「そこはまぁ……私は両親に押し付けられた借金を返す為にひたすら働くしかなかったですし」

「それだけじゃないです！　咲さんは生前一度も故意に悪事を働かなかった稀有《けう》な存在なんで

す！」

「それって、そんなに凄《すご》い事かしら？　普通に生きていただけなんだけど……」

「凄いですよ！　どんな人でも、やっぱり多少の悪事は働いていますから！」

「う～ん、どちらかというと私は悪事の被害を受ける側だったからね……」

私の悲しすぎる合いの手を聞いて、再び目じりに涙を浮かべながら女神様は両手を合わせる。

「とにかく！　そんなわけでハデス様が『俺様が特別にどんな願いでも叶えてやる！』と大盤振る舞いなんですよ」

「理由を聞いて、急に嬉しくなくなったなぁ……つまり私が面白い女だからってことでしょ？」

「理由や過程なんかどうでも良いじゃないですか！　何であれ、願いを叶え放題ですよ！　この際、とことん利用してやりましょうよ！」

私以上にノリノリな様子で女神様は鼻息を荒くする。

意外と俗っぽいなこの女神様。

「でも……願いなんて急に言われても……」

急に言われて私は口ごもる。

前世の私なら「なんでも願いを叶えてやる」と言われたら何を願っていただろうか。

間違いなく、「休み！」と答えていただろう。

しかし、転生後の私は赤ん坊のはずだ。

いきなり働かされることはないだろうし、休みは保証されているはず。

それどころか、食事も勝手に出てくるしずっと寝てても怒られないし、赤ん坊最強か？

そんな風に考えていると、女神様が私に助言する。

「まずは定番の『大金持ち！』なんてどうですか？　咲さん、生前は親に借金を押し付けられてとんでもなく苦労させられていたじゃないですか！」

それを聞いて私は強く同意した。

そうだ、そもそも私の親があんなのだから私は苦労したんだ。

やっぱりお金……！

お金は全てを解決する……！

「そ、それは確かにそうかも……でも、大金持ちは流石《さすが》に……。普通に生きていけるくらいのお金があれば十分かな？」

女神様に強欲な奴だと思われないように、私は控えめに答える。

すると、女神様は大喜びで手元にメモ帳を取り出して記入を始めた。

「分かりました！　では、普通に……裕福な貴族の生まれにしますね！」

「それって普通かな……？」

私の弱々しいツッコミはどこへやら。

女神様の悪魔のような囁《ささや》きは続く。

「ホラホラ、もっと大きな願いも言ってくださいよ～！　お金ときたら、次は『身体《からだ》のこと』じゃないですか？」

「か、身体……？」

女神様の言う事が分からず、私は頭をひねる。

どうやら、転生者にはありがちな事らしい。

「そうです！　異世界転生のチートなんて、みんなそうですよ！　素敵で理想的なボディを手に入れたくありませんか？」

図星を突かれて、私はドキリとする。

そうだ、生前の私は小学生と見間違うような子供体型で……。

本当は、もっと出るところが出ててモデルさんみたいな身体に憧れていた。

そうすれば周りの人にもイジメられなかっただろうし……。

友達の一人や二人はできただろう。

そして、で、できれば恋人を作って手なんかも握っちゃったりして……！　キャー！

あれやこれやの事を想像していくうちに、みるみる自分の顔が熱くなっていくのが分かる。

そんな様子を見て、女神様は私の肩を肘でつつく。

「ほらほら、そんなに顔を赤くしちゃって〜！　大丈夫です！　恥ずかしがるようなことじゃありませんよ！」

「ちょ、ちょっと待って……その、願いを叶えてくれるハデス様ってのはその……男性の方なのかしら？」

「……？　ええ、若い男性の姿をしていますよ。割とイケメンの部類です、激務でクマがあって、目が死んでいますが」

「そ、そうなんだ……じゃあその、ちょっと言いにくいんだけど……」

若干口ごもりながら、私はこそこそと女神様に自分の願いを伝える。

「私の人生を見て分かったと思うけど、私ってほら『発育が良くない』せいで色々と大変だったのよ。貴方も女性なら分かるでしょ？」

「分かります！　下界の女性って生きづらいですよね〜。貴方も相当に苦労されていたご様子」

「だからその……お金の次に身体《コレ》ってはしたないと思われちゃうかもなんだけど……異世界に生まれ変わったら私の身体の発育を良くしてほしいの！　もうどんな男もイチコロの無敵ボディっていうか！」

「どんな奴でもイチコロ……！　なるほど！」

「そうそう！　あっ、ハデス様にはあまり下品にならないように伝えてね……？　遠回しにというか！」

「承知いたしました！　それに、ハデス様は貴方の事を特別気に入っておられましたから何を言っても大丈夫ですよ！」

そう言うと、女神様は「む・て・き・の・ボ・デ・ィ♪」と口ずさみながらメモを取る。

「他には何かありますか？　身体は良い感じになりましたし、次は伝説の装備とか！　強すぎるスキルとかはいかがです⁉」

「こ、これ以上は何も要りません……！」

私が頭を下げると、女神様はメモ帳を閉じて自分の胸を叩く。

「承知いたしました！　咲様のお願いは全てハデス様にお伝えいたします！」

「と、特に私の発育だけはちゃんとしてくださいね！　本当に！　ほんっとーに、お願いします！」

「はい！　何たってこれから転生する場所は異世界ですからね！　咲様もそれ相応の身体にならないと生き残っていけません！」

女神様はそんな事を言う。

異世界の女性たちって、そんなにみんなナイスバディなのかしら？

だとしたら、私も同じくらいにならないとまた結婚もできない人生になっちゃうわ！

女神様はさらに付け加える。

「それにみんな獲物を求めてガツガツしてますからね！　サティ様も負けないように頑張ってください！」

「えぇ!?　い、異世界ってそんなにみんな肉食系なの？」

「そりゃそうですよ！　でも大丈夫です、サティ様には無敵のボディがありますから！」

なるほど、異世界の女はみんな肉食系で良い男を奪い合っているのね……！

素敵な結婚相手を女神様に用意してもらうって手もあるけど、流石にそこは自分で見つけないとね！

せっかく、ナイスバディにしてくれるって言ってるんだから！

全ての手続きを終えたように、床の魔方陣がさらにまばゆく光り出す。

そして、女神様は私に手を振った。

「——では、小山内咲様！　異世界では良い人生を！」

そうして、私の身体は白い光に包まれて異世界転生が始まった。

あぁ、良かった！

これで人生バラ色！

裕福な家庭で素敵な淑女としての異世界恋愛ライフが始まるのねっ！

かくして、私は異世界で新たな人生を歩むに至ったのだった。

◇◇◇

「——生まれましたっ！　可愛い女の子ですよ！」

助産師さんと思わしき方の声を聴いて、目を開いた瞬間——

私の目には、燦然《さんぜん》と輝くシャンデリアが天井にぶら下がっているのが見えた。

異世界転生をしているという事を理解しているので、その「可愛い女の子」というのが自分のことだというのはすぐに分かった。

当然、赤ん坊なのですっぽんぽんだが、ここで恥ずかしがると気味悪がられるので私は何とか我慢する。

軽く周囲を見回すと、豪華な装飾をあしらった壁には子供のラクガキにしか見えない前衛的な絵が飾ってあり、使用人のメイドさんたちが部屋の周りで微笑《ほほえ》んでいる。

そして、見目麗しいお母様とナイスミドルな若旦那様が生まれたばかりの私に幸せそうな笑顔を向けていた。

これは……女神様の言う通り、お金持ち確定ね！

勝ったな、産湯《うぶゆ》入ってくる。

そんな風に、勝手に心の中では歓喜の舞を舞いつつ私はその前に思い切り息を吸い込み赤ん坊としての責務を果たすことにした。

「おぎゃあ！　おぎゃあ！」

「……なんか棒読みじゃないかしら？」

「確かに、ちょっと元気がないな……」

——ギクリ。

ご両親に私の渾身《こんしん》の赤ん坊のフリがバレている……だと？

いや、若干の照れがあったせいか。

ともかく、私に裕福な生活を与えてくれる素敵なお父様とお母様を心配させるわけにはいかない。

私はもう完全に生まれ変わったのだから、恥も何もないはずっ！

コーチ！　自分、次はもっと上手《うま》くやれます！

心の中では厳しいレッスンを受けているアイドル候補生のような気持ちで、私は今度こそ本気の赤ちゃんをやってみせる。

「おぎゃあぁぁぁぁ！！！！！」

「――うわっ！　ビックリした！」

「良かったわ！　元気みたいね！」

成人女性の本気のギャン泣き&オギャリをみたか。

だてに毎日「赤ちゃんになりたい」と思いながらブラック企業で仕事をしていた私ではない。

安堵《あんど》した私は一息つく。

「ふう……」

「うわぁ！　突然落ち着くな！」

「な、何だか変わった子ねぇ……」

人肌のお湯で身体を綺麗《きれい》にしてもらった後、とても肌触りの良い綺麗な布に包まれる。

そして、美人な黒髪の母上様の腕に抱かれた。

柔らかい……温かい……。

そして、まだ他人としか思えないけれど眉目秀麗な両親の微笑ましい顔が見えて私は心の中で何度もガッツポーズを繰り返した。

これが親ガチャSSRというやつなのね！

前世の親はコモンどころか、私に借金を押し付けて消えたような人たちだったので感涙が止まらない。

しかも、私はすでに女神様と交わしたもう一つの約束でナイスバディのモテモテわがままボディになることが約束されているわけだし。

頭の中でどんな優雅な暮らしをしようかしらとあれこれ考えていると、お母様が私を見て声をかける。

「――随分と身体が小さいから心配したけれど、どうやら大丈夫みたいね！」

（……え？）

「そうだね、身体は小さいけれどアンデルセン家の娘として立派に育てよう！」

……身体が小さい？

いやいや、まだ慌てるような時間じゃない。

だって私は今生まれたばかり。

生まれたサイズが小さいなんて、女神様もハラハラさせてくるような憎い演出をするじゃない！

でも、きっとここからグングンと身長が伸びてハリウッドスターみたいな背格好になるんだわ！

待ってて、未来の王子様！

◇◇◇

――そして、異世界に生まれ落ちてから一三年後。

「ハリウッドスターになれる……そう思っていた時期が、私にもありました」

一三歳になった私は自分の姿を鏡に映して絶望していた。

そこには美しい黒髪の可愛らしい七歳くらいの幼女が映っていて、引き攣《つ》った笑顔を浮かべている。

「なんでやねんっ！」

私は自分の姿にツッコミを入れると、鏡面に手をぶつけて痛みに悶《もだ》えた。

「くそっ！　何かの間違いだわ！　どうして、私がこんな！　こんな……生前よりも発育の悪い姿に⁉」

いっぱい食べたし、いっぱい寝たし、少しは運動もした！

今世の私こそは人に笑われないような立派なレディになれる約束だったのに！

何よ、この姿！

ちんちくりんなんてもんじゃないわ！

受け入れられない現実に鏡を睨《にら》みつけていると、背後からワザとらしい足音が一つ。

「──あらあらサティお姉さま？　何度鏡を見直してもご自身の身長は伸びませんわよ？」

そう言って、扉の向こうの廊下から父親譲りの綺麗な金髪を揺らして私の容姿を嗤《わら》うのは、私の一つ年下の妹──ヴィオラだ。

ちなみに、申し遅れたがサティは私の名前である。

サンタテレサと名付けられた私は、長いので愛称で『サティ』と呼ばれている。

身長だけでなく名前まで小さくされてどうするのよ。

一方のヴィオラは一二歳にしては身長がやや高く、発育も良い。

ワザと私と比較をさせるかのように隣に立ち、クスクスと笑いながら私の頭を撫《な》でる。

悔しさで震えながら、私はその最愛の妹にニッコリと強がった笑顔を向けた。

「ヴィオラ？　貴方のお姉さまの頭を撫でるのはあまり良くないんじゃないかしら？　なんていうかこう……立場的に」

「だって、小さくて可愛いんですもの。仕方ないじゃありませんか。悪いのはそんな姿をしているお姉さまですわ」

そう言って、ヴィオラは私の頭を撫で繰り回す。

これ以上身長が縮んだらどうするのよ！

私は姉として、あくまで落ち着いた様子でヴィオラに注意する。

「可愛いと言われるのは悪い気がしないけれど、貴方のその目はどちらかというと犬や猫に向けるモノじゃないかしら？」

「あら、そんなことありませんわ。そうだ、質の良い向日葵《ひまわり》の種を頂きましたの、お姉さまの大好物ですから後で差し上げますわね」

「私はハムスターじゃないっての」

全く、どうしてこんなことになってしまったのか。

女神様が悪いのか、それともハデス様なのか。

それとも、私の発育の悪さは冥界の神の力をもってしても解決できなかったのだろうか。

だとしたら泣ける。クスン。

「それで、ヴィオラは何をしにここに来たのよ」

頭の上から手を振り払い、私は尋ねる。

「そろそろ剣術のお稽古の時間ですわ。お姉さまがまた逃げ出さないように私がお迎えに参りましたの」

その言葉を聞いた瞬間、私は自分のお腹《なか》を押さえてベッドに倒れ込んだ。

「イタタタ！　急にお腹が痛くなったわ！　ひじょーに残念だけど、今回も私はお休みで……」

「ダメですわお姉さまったら。それで毎回稽古をサボろうとするんですから」

ヴィオラはそう言って、頬を膨らませる。

私は目一杯の反論をした。

「そもそも、こんなに小さくて弱っちい私が剣術の稽古なんてしてもしょうがないでしょ！」

「何をおっしゃっているんですか。お姉さまは名家アンデルセンの長女なのですよ？　文武両道の優れた人物にならなければ領民に示しがつきませんわ」

「ぐぬぬ……姉に向かって何よその正論は！」

そう、残念なお知らせがもう一つ。

貴族様というのは、お金もあるのだがそれと同じくらい責任もあるらしい。

つまり、武道の心得というか……貴族という立場はその身を狙われる事も多く、自衛の手段が必要なのだ。

何それ、聞いてないいんですけど。

私は、今度こそ朝から晩まで文字通り死ぬ気で働かなくても、異世界でゆるふわスローライフが送れると思っていた。

お金に苦労しない人生ならそうなれると思っていた。

最初に「おかしいな？」と思ったのは二歳の時だ。

私はすでに異世界の文字を教え込まれて、おもちゃの剣を手に握らされていた。

そりゃ、最初は天才だなんだのとチヤホヤされた。

何せ、私には三〇年間前世で生きた経験がある。

有り難い事に言葉も文字も前世の私と変わらないこの世界では、日本語を話すだけで驚かれる。

調子に乗った私は掛け算や割り算も披露してみせた。

まぁ、それが私の知能の限界なんだけど……。

私が生まれた一年後に生まれたヴィオラは、それはもう私の事を慕ってくれていた。

何せ、年子にもかかわらず実際の私はずっと年上だからだ。

大人の女性として、私もできるだけヴィオラに憧れてもらえるように振る舞った。

勉強も剣術の稽古も常に先を行っていたし、ヴィオラの為に優しく教えてあげていた。

——しかし、私の身体の成長が止まった七歳くらいの頃。

同じように私の姉としての快進撃も止まった。

私の本来の頭の悪さや運動神経の悪さが露呈し始めたのだ。

転生とは、つまり頭の中は生前のドジでノロマでバカな私のままなのだ。

言語学、算術、政治学、外交術、戦略学や経済の勉強ですぐに私の小さな脳みそは悲鳴を上げた。

体育で跳び箱すら満足に跳べなかった私は、剣術でもヴィオラに抜かされた。

模擬試合で、初めて私から一本を取って喜んでたヴィオラの様子をよく覚えている。

それから、私が何度も負けるようになっていって……ヴィオラが気を使ってワザと私に負けたのを見た時に私はもう剣術の稽古を諦めたのだった。

そんな、下剋上《げこくじょう》を果たしたヴィオラが私を部屋から連れ出そうと腕を引っ張っている。

「お姉さま！　是非とも、ご一緒に！　剣術のお稽古をしてください！」

「この家は安全だから剣術なんて習わなくても大丈夫よ！」

「ダメです！　最近は『黒影の牙』という犯罪集団が近隣で悪事を働いているんです。お姉さまが連れ去られたりでもしたら大変！　良いですか？　飴玉《あめだま》をあげると言われてもついて行ってはいけませんよ？」

昔はあんなに慕ってくれたのに、今では舐め腐って子供扱いだ。

ため息を吐きながら、私は反論する。

「私は大丈夫よ。それより心配なのはヴィオラでしょ？　貴方、モテる上にこのままいけばアンデルセン家の当主を引き継ぐんだから変な男が寄ってくるわよ？」

「肝に銘じておきますわ。まぁ、そんなことよりもお姉さまはお勉強が苦手なんですから、せめて武道は一人前になりませんと。さぁ、その手をベッドの縁から離してください！」

「いやー！　助けてー！」

なすすべもなく、私はヴィオラに腕を掴《つか》まれて中庭へと連行されていく。

「お待たせいたしました！」

中庭では、剣術指南役のエドワードが腰に模擬剣を下げて待っていた。

ヴィオラを見て、にっこりと微笑む。

「ヴィオラ様、稽古の時間に少し遅れておりますよ」

「あらエドワード、申し訳ございませんわ。お姉さまが駄々をこねまして……」

「はなしーなーさーいー！　私、お部屋帰るー！」

嫌がる私の耳元で、ヴィオラはボソリと囁く。

「お姉さま、私どうしてもお姉さまと一緒に鍛錬がしたいの……良いでしょう？」

「う……」

ヴィオラは瞳を潤ませる。

我が妹ながら、なんて可愛さだ。

それに、ヴィオラは分かっているのだ。

どんなに腹が立っても、ヴィオラは私の可愛い妹。

こんな風にお願いされたら断れない。

「……分かったわよ。付き合ってあげるから、くれぐれもお手柔らかにね」

「お姉さま、本当⁉　嬉しい！　ありがとう！」

ヴィオラは花が開くように笑顔になった。

可愛い妹の為なら、仕方がない。

「エドワード！　今日はお姉さまも一緒に剣術の稽古をお願いするわ！」

「サティ様も……ですか。かしこまりました……」

エドワードの笑顔がやや引き攣《つ》る。

恐らく、私が居ることが稽古の邪魔になるのだろう。

邪魔をしてやれるなら、私も積極的に参加してやろうとむしろやる気が高まった。

ざまみろ。

「エドワード！　私、お姉さまとの模擬戦がやりたいわ！」

「……え？」

ヴィオラは突然、そんなことを言い出した。

コイツ、本当は剣術の鍛錬だとか言いつつ私を模擬剣でしばきたいだけなんじゃ……。

エドワードも難色を示す。

「で、ですがヴィオラ様……やや包み隠して言いますと、サティ様は本当に剣の才能を一欠片《かけら》も感じない凡人以下でして……勝負にならないかと……」

本当に包み隠して言ったか、今？

言葉のナイフでめった刺しにされた気がするんだけど。

ヴィオラは首を横に振る。

「いやっ！　私はお姉さまと鍛錬するの！　ねぇ、良いでしょ？　じゃないと、私もこれからお稽

「そ、それは困ります！　サティ様はともかく、ヴィオラ様にまで稽古をお休みされては！　分かりました、では本日は二人の模擬戦とさせていただきます」

明らかに私との扱いが違うが、もう今更だ。

エドワードの許可が下りると、ヴィオラは瞳を輝かせて私に模擬剣を手渡してきた。

模擬剣は木でできているが、丈夫で軟らかい木なので当たってもさほど痛くない。

異世界にありがちな都合の良い素材だ。

（全く、仕方がない）

そう、私は転生者である。

大抵、この手の異世界転生テンプレは読んできた。

本当は私ですら自覚していない何らかのチート能力が与えられていた。

そして、この模擬戦でその才能が花開くのだ。

私はやれやれという様子で模擬剣を摑むと、ヴィオラに剣先を向けた。

「ヴィオラ、本気でいくわ。降参するなら今のうちよ？」

「お姉さま、やる気ですわね！　嬉しいですわ、私も腕が鳴ります！」

ヴィオラも剣を構える。

私がサボっている間もちゃんと鍛錬してきたことがよく分かる、綺麗な構えだった。

私はもう一度ヴィオラに確認する。

「ヴィオラ、本当に降参するなら今のうちなんだけど？」

「お姉さまとまたこうして一緒に模擬戦ができるなんて夢のようです！　その無い胸を借りさせていただきますわ！」

「お願いだから、降参してよぉぉー！」

私の絶叫を皮切りに、エドワードが模擬戦の開始を宣言した。

「――参りました。もう勘弁してください」

二〇分後。

そこには何の奇跡も起こらなかった私がヴィオラにコテンパンにされて降参している姿があった。

コテンパンといってもヴィオラは私に模擬剣を当てずに器用に寸止めしてくれていたので模擬剣で叩かれた傷は無い。

しかし、妹にこれだけ実力の差を見せつけられた心の傷は致命傷だ。

ヴィオラは私と違って息も切らしていない。しっかりと稽古を続けてきたのだろう。

「またお姉さまと一緒に鍛錬できたのは嬉しかったですが……」

「い、妹に花を持たせてやるのが姉ってもんなのよ！」

私の苦しい言い訳にエドワードはため息を吐く。

「サティ様、そもそも何なんですか。さっきから『飛天何たら流！』だとか、『何たらの呼吸！』だとか。そんな剣技は存在しませんよ？」

「ぐぬぬ……」

「エドワード、お姉さまは何かお考えがあったのかもしれませんし……」

「いいえ、サティ様はふざけているように見えました。もう少し真面目に鍛錬をしていただきたいモノです。それに比べてヴィオラ様は、とてもご立派でしたよ」

私は分かっていた。

エドワードは約八年前から我がアンデルセン家の剣術指南役だ。

若いながらに傭兵《ようへい》として剣の経験を積みアンデルセン家にやってきた……と聞いている。

簡単な討伐依頼や、用心棒役としてお父様やお母様からの信頼も厚い。

そして何より太陽のような明るい金髪と整った顔立ちはヴィオラが惚《ほ》れるのも無理はない。

そんなエドワードなのだが、私がこんなに堕落する前はヴィオラよりも私の方を好いてくれていたのだ。

私の成長が止まる前——つまり、まだ私の方がヴィオラよりも剣術も勉強もできていた頃だ。

私が六歳の時にウチに来た若きエドワードは私とヴィオラに剣を教えてくれた。

元傭兵という事でちゃんとした格好をするのが苦手だったのか、屋敷から与えられたスーツをいつも窮屈そうに着ていた。

前世で生きていた三〇年の経験から、最初の呑《の》み込みのみが早い私を見てエドワードは期待に満ちた視線を送っていた。

お父様が私に「アンデルセン家の次期当主はお前しかいない！」といつものように言っているのをエドワードも嬉しそうに隣で聞いていたのを覚えている。

そして――エドワードは明らかに私ばかりを贔屓《ひいき》して稽古をするようになった。

その時、私はヴィオラがとても悲しそうな瞳をしている事に気がついた。

ヴィオラにとって、初恋の相手がエドワードだと気がついたのもその時だ。

それから、私は剣術の稽古が苦手になっていったのを覚えている。

ヴィオラはエドワードに振り向いてもらうために一生懸命鍛錬に打ち込んでいた。

そんな様子を見ていると、私は鍛錬に全く身がはいらなくなりご覧のありさまだ。

でも、今回模擬戦をしている時のヴィオラは本当に楽しそうにしていたので、私と一緒に鍛錬をしたかったのも本当なのかも……。

なんて思いつつ、エドワードに褒められて上機嫌になっているヴィオラに私は耳打ちをした。

「ヴィオラ、エドワードはあまり信用ならない男だと思うわ。やめておきなさい」

しかし、ヴィオラはクスクスと笑う。

「あら、お姉さまったら、怒られたからってエドワードを悪く言ってはいけませんよ？」

「違うわよ。これは姉の直感が言ってるの！」

そもそも、エドワードは私がアンデルセン家の次期後継者として期待されていたからと、ヴィオラをないがしろにして私を贔屓にしていたような奴だ。

お父様もお母様もすっかり騙《だま》されているけれど、クズ男の匂いがするのだ。

前世で散々クズ男に痛い目を見させられてきた私が言うんだから、間違いない。

「私は……ヴィオラには、痛い目を見てほしくないのよ」

エドワードには聞こえないよう、私は真面目な表情でヴィオラに言う。

するとヴィオラも私の人生経験からくる説得力を感じたのか、少し迷っているような表情をした。

「お姉さまがそこまで言うなんて……でも……」

「分かっているわ、好きなんだものね……。でも、私の言葉を胸にしまっておいて」

「……はい！」

そんなクズ男――エドワードは模擬戦を終えた私とヴィオラに言う。

「では、本日の稽古を始めましょうか。サティ様が模擬戦をスムーズに進めてくださったおかげでまだ時間があります」

エドワードにしてみたら、すでに皮肉を言っている自覚すらないのだろう。

私は不貞腐《ふてくさ》れながら模擬剣を肩に担ぐ。

「そりゃどーも。とっても良い鍛錬になったわ」

「そうですわ！　弱っちいお姉さまでも今から私と一緒に鍛錬をすればきっと悪人から自衛できるくらいの実力は身につくはずです！」

期待に満ちたヴィオラの瞳を軽くあしらいつつ、私は模擬剣を持って庭の隅まで歩く。

「遠慮するわ。私に合わせてたらヴィオラの剣術の鍛錬の足を引っ張っちゃうでしょ？　私は勝手に端っこで素振りでもしてるから」

「お姉さま、私たちは貴族アンデルセン家の娘なのですよ？　もし身代金目的の誘拐でもされたらどうするんですか！」

「もし私を攫《さら》うなら、それは随分と見る目のない人さらいね。心配しなくても、こんな屋敷に侵入できる賊なんかいないわよ」

「じゃあ……そうだ！　もし、魔物にでも襲われたら大変です！」

「魔物ったって……この屋敷の周りに自然発生するスライムくらいしか居ないじゃない。あんなのぴょこぴょこ跳ねてるだけだし流石の私も負けないわよ」

一緒に鍛錬をしたがっているヴィオラの言葉をのらりくらりと躱《かわ》していると、エドワードが大きなため息を吐いた。

「ヴィオラ様、サティ様もこうおっしゃっている事です。好きにさせて差し上げましょう」

「全く、お姉さまったら！　分かったわ！」

エドワードは私に笑顔を向ける。

その笑顔は、「もう貴方に価値はないですよ」とでも言いたげな笑顔に感じた。

まぁ、そんなことは私が一番よく分かっているけどね。

昔、エドワードが熱心だった頃に私に教えてくれた方法で模擬剣を握って私は何度か素振りを繰り返す。

久しぶりに剣を振ったけれど、意外と身体は覚えているモノだ。

私は、庭の中央でエドワードの指南を受けるヴィオラを見つめながら素振りを続けた。

ヴィオラは本当にあんな奴を信じていて大丈夫なのかしら？

私は別にヴィオラが嫌いなわけじゃない。

そりゃ嫌味を言われたりなんてのは日常茶飯事だけど。

ヴィオラが私に愛を持って接してくれるのを感じているからだ。

恐らく、私が不貞腐れるまではヴィオラの面倒をちゃんと見ていたのが原因だろう。

最初は私だって、ヴィオラが誇れるような姉になりたかった。

しかし、残念ながら私のスペックは前世基準だったから……。

勉強もすぐについていけなくなったし、剣術もご覧のありさまだ。

もう一度、私が姉として尊敬される日は果たしてくるのだろうか……？

そんなことを思いながら素振りをしたり、休んだりしながらヴィオラの鍛錬を見守っていた。

「ヴィオラ様、いきますよ！　てやっ！」

「くっ！　はいっ！」

エドワードの模擬剣がヴィオラの背後に振り下ろされ、ヴィオラはそれをやや苦しい姿勢で受け止めた。

それを見て、エドワードは満足げに息を吐く。

「お見事です。では、本日はここまでにいたしましょう！」

太陽が真上に差し掛かる頃、剣術の鍛錬の時間が終わった。

「はい！　エドワード、どうもありがとう！」

「ヴィオラ様、今日は随分と調子が良かったですね」

「うふふ、だってお姉さまが見ていらしたんですもの！」

そう言って、すでにサボ――休憩している私にヴィオラは手を振ってきた。

私とヴィオラはエドワードに模擬剣を返すと、エドワードは笑みを向ける。

「では、私はこれにて……ヴィオラ様、アンデルセン家の次期当主目指して引き続きお励みになってください。あと、サティ様も」

「はーい！　エドワード、またね！」

私には大した挨拶《あいさつ》もせずに離れていくエドワードを見送る。

すると、ヴィオラは私の手を強く握ってきた。

「お姉さま、次は勉強に行きましょ！　せっかくですし、今日は一日私に付き合っていただきますわ！」

「ヴィオラ、そんな事よりも――」

私は摑んできたヴィオラの右手を摑み返して持ち上げる。

すると、ヴィオラの手首の辺りには傷があった。

剣の素振りをしながらヴィオラの鍛錬の様子を見ていた私は、ヴィオラが最後にエドワードの剣を受けた時に、ヴィオラの手首をかすった様子を見逃してなかった。

「こっちの手当てが先よ。万が一悪い菌が入ったりでもしたら大変なんだから」

「まぁ！　剣術に夢中で気がつかなかったわ！　お姉さま、ありがとうございます！」

ヴィオラは感激した様子で私を見る。

昔から、ヴィオラはこういう小さな怪我《けが》が多いので私はいつも注意深く見てしまうクセがついていた。

というか、エドワードが気がつきなさいよ。

ヴィオラは出血している自分の傷口を見つめる。

「そんなに小さな傷でもないですわね。確かにこれは屋敷でちゃんと手当てをしないと……」

私はため息を吐いた。

「今、屋敷は薬草を切らしているわ。いいわ、私が薬草を取って来てあげる」

「お姉さまがわざわざ向かわなくとも！　それくらい、使用人に任せれば……」

「それこそ、わざわざ使用人に頼むのも悪いわ。薬草なんて、少し裏の森の方に行けば自生しているんだから私が取ってくるわよ」

というより、私は本当にこの家の役立たずだからせめて薬草くらいは摘んできたい。

すでに地に落ちてるだろうけど、この家での存在価値を少しでも上げたいと思っていた。

「そ、そうですか！　お姉さまが私の為に……！」

これしきのことで、また勝手に感激するヴィオラ。

初めてのおつかいか何かだと思っているのだろう。

「薬草を摘んだらすり潰《つぶ》して、薬の状態にして持っていくから、ヴィオラはいつも通り書斎で勉強を頑張りなさい」

「はい！　ありがとうございます！」

——よし、これで勉強もサボれそうね。

なんて思惑もあるが、ヴィオラの傷が心配なのも本音だ。

チャッチャと取って来てやろう。

私は屋敷からバスケットを持ってそのまま屋敷の裏の森へと薬草を取りに行くことにした。

さて、私が転生してきたこのアンデルセン家だが名家のお金持ちだけあって敷地もかなり大きい。

そして、その大部分を屋敷の裏の森が占めている。

狩猟や小川での釣り、薪や木材の調達の為、あとは単純に保養地として使われているが、それでもほんの一部だ。

恐らく、迷ったらもう帰ってこられないし、この森の全容を把握している者なんて屋敷の中にはいないだろう。

私も「絶対に一人で奥には行くな」と言われている。

とはいえ、薬草は近場ですぐに見つかるから問題はない。

屋敷の裏の森の中を歩きながら思う。

こうして屋敷から解放されて一人で歩くのもなかなか悪くない。

屋敷の中で引きこもるのも悪くはないけど、今日みたいにヴィオラが私の聖域を邪魔してくることがあるし。

それに、お父様とお母様は一向に成長しない私を見て当主を継がせるどころかこれじゃ嫁にも出せないと、私のことを煩わしく思っている。

何て言うか、例えるなら無職で実家に引きこもっている感覚だ。

居心地が良いのに、居心地が悪い。

まぁ、前世に比べれば一〇〇倍マシなんだけど。

なんたって働く必要がないから！

やっぱり労働はクソね、人生はやりたくないことをやっているほど暇ではないの。

まぁ、私は暇を持て余しているんだけど！

こんな、私にとって最高の環境を与えて見事に子育てに失敗した私のご両親だけど……。

貴族としてはとても立派にやっていて、領民たちにも慕われている。

紹介が遅れたけれど、私がずっと『お父様』と呼んでいるのはルーベルト・アンデルセン。

アンデルセン家の現当主だ。

領地の管理と経営はお父様の仕事だ。

屋敷の議事室で、領地の村々や農地が精緻に記されている地図を広げて、家臣たちと共にその地図を囲み、農作物の収穫量、税収、必要な支出についてよく議論している。

そして、領民への気配りをして屋敷を支えているのがお母様のカミラ・アンデルセンだ。

市場の日には自ら馬を駆り、城下町に赴くことを欠かさない。

領民たちは一様に深々と頭を下げ、お母様の姿を見ると安心した笑顔を浮かべる。

「収穫祭の準備は順調ですか？」なんて、お母様が穏やかに声をかけると、農民たちは口々に状況を報告する。

問題があれば即座に対応を約束し、時には懐から金貨を取り出して資金を援助することもある。

お母様の誠実さと気配りは、領民たちの信頼を一層深めていた。

なんでそんな事を知っているのかというと、私は二人の仕事の様子を幼い頃には見させられていたからだ。

二人とも、幼くして秀でていた私にアンデルセン家の次期当主として大きな期待を寄せていたのだろう。

しかし、一方でお父様やお母様の仕事ぶりを見て涼しい顔をしていた私の心の中は正直だった。

（……こんなの、絶対に無理だ）

お父様がやっている領地経営や戦略的な外交なんて見ていてもチンプンカンプンだし、お母様みたいに毎日色んな人と出会って気を配るなんてストレスですぐに倒れてしまうだろう。

職場が自分に合っていない、一人で居るのが大好きな馬鹿に向けた仕事はどうやら貴族にはないらしい。

そもそも、私はそんなに必死に働かなくて良い世界を求めて転生してきたんだし。

もっとこう、何て言うか……畑を耕したり、小物を作って売ったりなんて感じの庶民ライフを求めていたのだ……。

そんな事を考えている間に、私は森の中で群生している薬草を見つけた。

こいつをすり潰して傷口に当てて包帯を巻いておくと凄い速さで傷が治っていくのだ。

現実世界にあったら大儲《おおもう》けできそうなこの草を摘んで、私は滞りなく籠に入れていく。

せっかくなので、ヴィオラの分だけでなく屋敷に備蓄をしておく分も。

そう思って少しずつ森の中へと入っていく。

——そんな時だった。

「くぅ〜ん……」

「……へ？」

子犬の鳴き声が聞こえた気がした。

それは今にも消え入りそうなほどにか弱くて……。

しかし、確かに助けを呼ぶような声だった。

私は周囲を見回す。

そして、とある一本の木の下で水色の粘液がぶよぶよと動いているのを見つけた。

スライムだ、全く脅威になり得る魔物じゃない。

しかしそこには、身体の半分がスライムに飲み込まれた小さな黒い犬が横たわっていた。

身体中に傷があり、疲弊していて自力で抜け出すことができないようだ。

ほぼ無害なスライムとはいえ、あんなに弱っていては……。

（このままじゃ捕食されちゃう……！）

犬は全世界の癒やし、人間の友達、それは異世界だろうと不変の真実だ。

絶対に……絶対に助けなくちゃ。

私は考えるまでもなく、近くにある棒切れを拾うと果敢にスライムに立ち向かった。

「てやぁー！」

魔物については、少しだけ知識がある。

書斎にある、図鑑を読んでいたからだ。

前世の時もゲームの攻略本とかのモンスターの一覧を眺めるだけで楽しかったのでこちらの魔物図鑑も良い暇つぶしになっていた。

そんなことはともかく……。

確か、スライムの中にある丸い球体――それがコアだ。

これをどうにか傷つければ、スライムにダメージが入る。

私はそのコア目掛けて木の棒を叩きつける。

しかし、私の力ではコアを覆っているスライムの身体に勢いを殺されてしまった。

――ぶくぶくぶくっ！

スライムは変な音を出しながら怒り出したように膨張した。

今の攻撃でスライムは私を排除すべき敵と認識したようだ。

子犬から離れると、棒切れを取り込んで、今度は私を取り込もうとしてきた。

「この！　こうなったら……！」

私は息を大きく吸い込むと、自分からスライムの身体の中へと潜る。

そして、コアに思い切り噛《か》みついてやった。

(これじゃあ、私が犬みたいじゃないの!!)

そんなことを心の中で思いながら必死でスライムに食って掛かる（文字通りの意味で）。

必死に噛《か》みついていたら、やがて私の息がもたなくなるよりも先にスライムが萎《しぼ》んでパンッという小さな破裂音と共に消滅した。

ようやく息を吸えた私は、ゼェゼェと息を切らして大空へと向けて大の字で倒れる。

さっきまでスライムに捕らえられていた黒い子犬は私の身体を心配するようにペロペロと頬を舐めてきた。

「はぁはぁ……、良い？　ワンちゃん。ああいう悪い奴にはこうやって思いっきり噛みついてやれば良いのよ？」

「ワンッ！」

黒い子犬は私の言葉を理解したかのように吠《ほ》える。

――その瞬間、私の頭の中にファンファーレが鳴り響いた。


【おめでとうございます！　レベルアップいたしました！】


「――へ？」

無機質な女性の声で突然のナレーション。

一瞬面食らってしまったが、そういえばここは異世界。

レベルやらステータスやらがあってもおかしくはない。

まぁ、貴族の娘で淑女である私は争いなんてしないので、無縁なモノだろうけれど。

そんな風に思っていると無機質なナレーションは続く。

【転生特典のギフト〝最高の発育〟によりステータス成長率を一〇〇倍にします】

つまり、

その時の会話を振り返ってみる。

そうだ、私は確かに転生の際に女神様にお願いした。

私は恐ろしい可能性に気がついてしまった。

「もしかして……」

それって確かに私が転生する時に願ったモノだけど……。

『最高の発育』、確かにそう言っていた。

今、何て言った？

「――はい？」

私「私の人生を見て分かったと思うけど、私ってほら『発育が良くない』せいで色々と大変だったのよ。貴方も女性なら分かるでしょ？」

女神「分かります！　下界の女性って生きづらいですよね～。貴方も相当に苦労されていたご様子」

もしこの時の女神様の発言の意味が「下界の女性って（弱いから）生きづらいですよね～」という意味だったら……。

私「異世界に生まれ変わったら私の身体の発育を良くしてほしいの！　もうどんな男もイチコロの無敵ボディっていうか！」

女神「どんな奴でもイチコロ（物理的に）……！　なるほど！」

ここでの会話が見事にすれ違いコントになってしまっている。

そりゃ、一般的に『発育が良い』って言ったら『身体的な魅力』だと普通は考えるだろうけど……。

ここは異世界、魔物が跋扈《ばっこ》する剣と魔法の世界だ。

そして、『異世界転生の為にチート能力を与える』という前提の文脈が加わっていたら女神様が勘違いするのもあり得る……のか？

いや、あの軽い感じの新人っぽい女神様なら十分あり得る！

私のバカ！　アホ！

どうしてよりにもよって、『イチコロ』だとか『無敵』だとか勘違いさせてしまうような言葉を選んでしまったのよ！

その後の会話も何だか噛み合ってなかったし！

女神様が言ってた『肉食系』ってモンスターの事かよ！

そんなに物理的にガツガツしてるとは思わなかったわ！

「……ま、まぁ一〇〇倍と言っても大したことはないわよね？　きっと、少し力が強くなったとか、それくらいでしょ？」

思わず、独り言も大きくなる。

ただでさえ、アンデルセン家の厄介な存在なのにこれ以上変な性質が加わったら更に肩身が狭くなってしまう。

「た、試しに……」

私は恐る恐る、地面に向けて軽くデコピンをしてみる。

すると、地面は抉《えぐ》れて衝撃波が飛んで目の前の大木が折れた。

音を立てて倒れる大木と憎らしいほどに澄んだ青空の下、私は静かに一筋の涙を流した。

「そんな……こんなの私が望んだ力じゃない……」

「くぅ～ん」

私が悲しき怪物になっている姿を見て、傷ついた黒い子犬は慰めるように私に寄り添う。

良かった、この子は逃げないでくれるのね……。

「そうよね……化け物になったとしても、せめて優しい心は持ち合わせていないと。貴方を治療してあげるからウチに来なさいな」

私はそう言って、黒い子犬を優しく抱え上げる。

そして、薬草が入った籠と一緒に私の部屋へと連れて帰り、治療してやることにした。

049　　第１話　私が強くてどうすんだ⁉

～平穏に暮らしたいのに、周りがそうさせてくれません～

成長率100倍チートの転生幼女

第2話 もふもふの恩返し

それから一週間。

私が保護した子犬の怪我《けが》もだいぶ回復し、私によく懐き、なんかたまに邪悪なオーラまで発するようになった。

この世界の犬は黒いオーラを放つことがあるのか……と私はそんなに気にしていない。

可愛《かわい》いし、その上可愛いので別に些細《ささい》な問題だ。

さて、名前だけど……。

黒いので、『クロ』と名付けた。

もちろん、ただでさえ家で居心地の悪い思いをしている私は子犬を拾ってきたことなんて誰にも言い出せずキッチンに忍び込んではミルクやらパンやらを盗んでこっそりと部屋でクロに与えていく。

たまにメイドたちに見つかっては「サティお嬢様ったら、またお夜食を食べてるわ」「どうしてあんなに食べてるのにまだ小さいままなのかしら」「貴族のお嬢様とは思えない意地汚さだわ」だなんてヒソヒソと噂《うわさ》されているが、私には効かない。

なにせ、自分の部屋に帰れば子犬を撫《な》でることができるのだ。

その時点で何と思われようと私の方が精神的に豊かな暮らしができていることは明らかだ。

そんな調子で今日も食材を盗んではクロの為に食事を用意して、クロを匿《かくま》っているベッドの下に呼びかける。

「クロー、夜ご飯持って来たよ～」

「ワン！」

私の呼びかけに応じて、クロが元気よく飛び出してきた。

もう怪我はすっかり良くなったみたいだ。

私が持って来たパンを食べてミルクを飲んでいる。

「よしよし、いっぱい食べて大きくなるのよ」

「ワン！」

「私は大きくなれなかったから、せめて貴方は大きくなってね……」

「ワン？」

勝手な願いを託して、私はクロの世話をする。

クロは凄《すご》く賢い子だった。

傷が治ると、お手もおかわりもおすわりも、まるで私の言葉が最初から分かっているかのように従ってくれた。

私がモノを無くして捜していると、いつの間にかクロが見つけて来てくれるし。

着替えをする時も、冗談で「クロ、私に似合うシャツを持ってきて！」と言うとタンスを開けてクロの身体《からだ》のように真っ黒な服を持って来てくれた。

私よりも賢いかも……なんて思ってしまうこともあり、何となく悲しくなった。

そのうち、逆にクロが私の面倒をみるようになってしまうかもしれない。

そして、それよりも大きな問題がもう一つあった。

私は今までクロにパンやミルクなど犬でも食べて良さそうな人間の食事を与えてきた。

しかし、やっぱりちゃんとした犬用の食事――つまりドッグフードをあげないとクロも健康的に大きくなれないし、体調を崩したりしてしまうかもしれない。

ということで、私は一つ決心をする。

(屋敷から出て街に行ってみよう！　クロを連れて！)

今生一番の大冒険である。

そもそも、私はこんなでも貴族の娘である上にその容姿からあまりにも連れ去りやすい。

大きめのカバンなら入れて持ち去られてしまうお人形サイズだ。

だから、危険だと思って自分でもこの屋敷から外には出ようとしなかった。

でも、意図せず手に入れてしまったこの悲しき強大な力さえあればきっと大丈夫。

人さらいに襲われようと、私は自力で逃げ出せるだろう。

「行くよ、クロ！」

「ワン！」

私はフードを被《かぶ》って自分の部屋の窓からこっそりと抜け出す。

いつも剣の鍛錬やお勉強に忙しいヴィオラが居なくなったら大事件だろうけど……。

半ば見放されている私が居なくなっても、事件どころか気がつかれないでこの屋敷の日常は滞りなく流れていくだろう。

部屋に居る私がメイドに呼ばれる晩御飯までに帰ればミッションクリアだ。

窓の外から中庭を抜けて、屋敷の門までクロと一緒に身を隠しながらコソコソと進む。

しかし、門には流石《さすが》に門番が立っていた。

門の中央に立ち、まるで石像のように動かずに辺りを見張っている。

背は高く、肩幅も広く、力強さと威圧感を併せ持つたくましい体つきだ。

鋭い目つきで周囲を見渡す彼の顔は、日に焼けて浅黒く、無数の小さな傷痕がある。

端的に言うと——怖い顔だ。

普段であれば、か弱い私を外の危険から守ってくれる非常に有り難い存在だが内側から外に出るとなると邪魔な存在である。

あと、やっぱり顔が怖い。

どうしようかと考えているとクロが私の腕から跳び出してその怖い表情の門番の方へと向かった。

クロは尻尾を振って元気よく吠《ほ》える。

「ワン！　ワン！」

それを見ると、門番の彼の表情は険しい表情から一転して優しい表情になった。

「おっ、何だお前！　屋敷の中に迷い込んだのか？」

そうだ、怖い顔の人ほど動物好きだったり、根は優しかったりするものだ。

ましてや、彼は門番。

その怖い表情も必死に人を守ろうとするが故という優しい理由なのだ。

無意識のギャップ萌《も》えに若干トキメキつつも、私はハッとする。

（これは……クロがチャンスを作ってくれている⁉）

恐らく、門番が自分に構っているうちに屋敷を出ていけという事なのだろう。

クロは本当に賢いので十分にあり得る。

しかし、門番さんもこれくらいでは警戒を解き切ってはいなかった。

クロを撫でながら周囲の警戒を怠っていない。

すると、クロは必殺技でも使うかのようにひっくり返ってお腹《なか》を見せた。

「クゥ～ン、クゥ～ン！」

「お～、やけに人懐っこいな。よしよし、分かった分かった。そっちも撫でてほしいんだな」

これには、あまりのクロの可愛さに門番さんもノックアウト。

ついに、しゃがみこんでガントレットを外し、本格的にクロのお腹を撫で始めた。

（――今だっ！）

その隙に私は門番の背後を走って駆け抜ける。

一〇〇倍チートのおかげで足が速すぎるので、転んでしまわないように加減をしながら。

そして、門の外側の草の茂みに身を隠した。

門番さんは私が駆け抜けた後に気配を感じたのか振り返ったけど、もうそこに私は居ない。

クロも私が無事に通り抜けたのを見て、立ち上がるとブルブルと身体を震わせた。

「おっ、もう良いのか？」

「ワン！」

クロは感謝でもするかのように門番の彼の手をペロリと舐《な》める。

そして、駆け出して門の外の茂みにいる私の元へと戻って来た。

「クロ、お手柄よ！」

「ワン！　ワン！」

少し怖いくらいに賢いクロを撫でてやる。

これは、ご褒美として何とかドッグフードを手に入れてあげないとね。

屋敷の敷地内からクロと共に遠ざかると、城下町の入り口が見えてきた。

「一人で来るのは初めてね……！」

城下町の通りは、活気に満ちた人々の声で溢《あふ》れていた。

色とりどりの布を売る商人、焼きたてのパンの香りを漂わせるパン屋、獲れたての魚を並べる漁師たち。

屋敷の中や私の身体の成長とは違い、時間がちゃんと動いてるような気がして、すべてが新鮮で、私は思わず息を呑《の》む。

豪華な装いに身を包む貴族、素朴で実用的な服に身を包む職人、さらには、あちらこちらに肩をぶつけ合いながら軽やかに歩く子供たち。

人々は楽しげに話し、笑い、時には互いに大きな声で呼びかけ合っていた。

私はホッと安堵《あんど》のため息を吐《つ》く。

昔から変わらず、この街は平和そのものだ。

これなら、大通りさえ歩いていればきっと人さらいやら悪人やらに襲われることもないだろう。

流石はお父様とお母様、きちんと統治されているようだ。

「行こう！　クロ！」

「ワン！」

私の足元をちゃんとついてくるクロと一緒に街へと足を踏み入れる。

街の中心では、私の他にも犬の散歩をしている人たちが大勢いた。

私がお母様と一緒に街に降りてきた時も見かけた気がしたので、私は今回の件を思いついたのだ。

これなら犬用ペットフードを売っている店もあるだろう。

そう思いながら、クロと一緒に歩いてる時だった。

「グルルゥ～！」

小さな噴水がある広場で、トゲの付いた首輪を装着した大きなブルドッグのような犬が私を見て唸《うな》り声を上げる。

それを連れて歩く青髪のマダムが慌てていた。

「コラ！　ポチったら、こんなに小さい子に！　ごめんなさいね～！」

「ガウッガウッ！」

私が弱そうだから吠えられているのだろうか。

そんな状況を見て、クロがその犬に向かって小さく吠える。

「ワン」

「――っ⁉　くぅ～ん」

すると、その大きな犬はクロを見て震え上がっていた。

そのまま降服するとでも言わんばかりにお腹を見せてくる。

その様子を見て、青髪のマダムは目を丸くする。

「あら、ポチったら……どうしたのかしら？　こんなに大人しいなんて初めて」

「あはは……か、可愛いですね」

こんなに獰猛《どうもう》な犬が大人しくなるなんて、やっぱりクロって只者《ただもの》じゃないのだろうか……？

何であれ、私を守ってくれたクロの頭を撫でて褒めてやる。

「そうだ、すみません。ペットフードを買いたいのですが近くにお店はありませんか？」

「それなら、そこがペットショップだから売ってるわよ。ほら」

ブルドッグを連れたマダムが指さす先には確かに緑色の看板があった。

ペットショップ『ダイバーシティ』と書かれている。

ここならドッグフードも売られているはずだ。

マダムにお礼を言い、私はクロと一緒に入店する。

「いらっしゃい」

カウンターにはエプロンを着けた無骨なおじさんが座っていた。

私は、少しだけ緊張しながらクロと一緒に店内へ。

ペットショップは結構広く、犬や猫がケージの中に入れられている。

どの子も可愛く、しかし犬だけはクロを見ると平服するように頭を下げていた。

猫も良いよねぇ……まぁ、流石に自由すぎて私の部屋の中じゃ飼えなさそうだけど……。

そんな事を思いながら店内を見て回っていると、ケージの一つに、クロくらいのサイズの銀毛の見慣れない小さな、もふもふとした生き物を私は発見した。

短い手足に、犬と猫を足したような見た目をしている。

「うわー可愛い！　何この子！」

私が思わず声を上げると、カウンターにいた無骨なおじさんがやってきて、この子について私に説明してくれた。

「そいつは、『ファムリット』さ。大型の獰猛な魔獣なんだが、その幼体さ」

「あっ、魔獣か！　なるほど……」

そういえばここは異世界。

ペットとして飼育されている魔獣がいてもおかしくはない。

とはいえ、どんなに可愛くても大型になるならこの子は飼えないなぁ。

……というか、今獰猛って言わなかった？

私は恐る恐る質問する。

「魔獣って人を襲うんじゃないの？　それに獰猛って……」

「ファムリットは小さい時から世話をしていれば人懐っこくなるぜ。力持ちだから、大きくなったら荷運びにも大活躍さ」

「なるほど……大きいもふもふは確かに魅力的ね……」

「だが、野生のファムリットには要注意だぜ？　人は食わねぇが、鉄もへし折れるし、家の一つや二つ簡単に壊しちまうくらいの怪力だからよ」

可愛くても恐ろしい。

クマと同じようなモノか。

そんな事を思いながら、私はもう一つ気になったことを質問する。

「この子はどうやって仕入れたの？」

「あぁ、ブリーダーから仕入れたんだ。何だか見かけねぇやつらだったが……まぁ、ファムリットはうちでも扱ってみたかったからな。丁度良かったぜ」

エプロンから小さな餌を取り出してファムリットに与えながら、おじさんは笑う。

その餌を見て、私は本来の目的を思い出した。

「そうだ、ドッグフード！　おじさん、ドッグフードを買いに来たんだけどある⁉」

「そりゃーもちろん。こっちに取り揃《そろ》えてあるぜ」

おじさんの案内で、私はお店の一角へ。

色んな種類のドッグフードが陳列してあり、それを見てクロは舌なめずりをしていた。

「どれもこれも、俺がブレンドした一級品だ！　そのちっこいワンちゃんもすぐに大きくなっちまうぜ！」

「良いね、それ。私が食べようかな」

「あっはっは、心配しなくてもお嬢ちゃんもすぐに大きくなるぜ！」

残念ながらならないんだよなぁ。

とはいえ、私の冗談にすぐフォローを入れてくれる良いおじさんだ。

（どれがクロに良いかな〜？）

それらをじっくり見ているうちに私は一つの重大な事実に気がつく。

（って、私……お金持ってないじゃん……）

そうだ、この世界に来てからまだお金を使った事が無いので失念していた。

通常、食べ物を手に入れる為にはお金が必要なのである。

生まれも育ちも貴族の屋敷の中だった為、そんな当たり前の事も忘れてしまっていた。

前世の私が今の私の体たらくを見たら、きっと血の涙を流して羨《うらや》ましがるだろう。

両手にドッグフードを持ちながら困っていると、急にクロが鳴き出した。

「ワンワン！」

「クロ？　どうしたの？」

そして、私の服を引っ張る。

まるで、「店から出ろ」とでも言うように。

私は両手に持ったドッグフードを棚に戻して店から出る。

すると、広場の向こうから声を上げて逃げ惑う人々が見えた。

「みんな、逃げろ！　ファムリットだ！　野生のファムリットが街に侵入した！」

その言葉が聞こえるや否や、大型のファムリットがこちらに向けて突進してきていた。

エプロンを着けた店主のおじさんは慌てる。

「まずい、こっちに来るぞ！　嬢ちゃんも逃げろ！」

「……あれが、大人のファムリット」

確かに大きくて、もふもふだ。

私も逃げようと思ったが、このペットショップの中には沢山《たくさん》の小さな生き物たちがいる。

このまま突進されたらこの店ごとペットたちにも被害が出てしまうだろう。

私は、クロを抱きかかえるとおじさんに手渡した。

「おじさん、クロをお願いして良い？」

「何言ってんだ⁉　お前も早く逃げろ！」

「私はこのお店の中の子たちを守るわ」

そう言って、私は突進してくるファムリットの正面に立つ。

そして、受け止める構えをとった。

（きっと大丈夫……成長率一〇〇倍の私ならこの子の突進も止められるはず……！）

ファムリットは怒りの形相で、私を弾《はじ》き飛ばす勢いで突進してきた。

私は必死にその突進を止める。

――なんて心構えだったが実際は違った。

（凄く……軽い！）

私の方が随分と力持ちだったようだ。

ファムリットがどんなに力を込めて押し込もうとしても私の身体はピクリとも動かない。

そんな様子を見て、店主のおじさんは私に問う。

「た、たまげたな……お嬢ちゃんは一体何者なんだ？」

もちろん、屋敷を抜け出している事なんてのはバレるわけにはいかないので私は誤魔化して答えた。

「ドッグフードを買いに来た、ただの一般人です！」

「……そうか！　じゃあそういうことにしておくぜ！　店を助けてくれてありがとよ！　ドッグフードは好きなだけ持ってけ！」

私にも何らかの事情があることを察したのだろう。

おじさんは輝くような笑顔で親指を突き立てた。

私に向かって突進していたファムリットはやがて力尽きて大人しくなった。

もう暴れる力も無いように、地面にへたれこむ。

その姿を見て、店内のファムリットの幼体が声を上げる。

「ピィー！　ピィー！」

クロと一緒に生活していて、クロが何を言いたいのかが何となく分かる時がある。

そして、この小さなファムリットの様子を見て、私は察してしまった。

「おじさん、多分この二匹は親子なんだよ。子供がこの場所に連れ去られて、だから親が助けに来たんだ」

「……なんだと？　しかし……試してみる価値はあるな」

試しにおじさんがケージを開くと、ファムリットの幼体は一直線に大きなファムリットの元へと駆けだした。

そして、大きなファムリットも大きく声を上げてその子供のファムリットを抱え上げる。

おじさんはその様子を見て、大きくため息を吐いた。

「……こんな姿を見せられちまったら、お嬢ちゃんの話を信じないワケにはいかねぇな。クソッ、あのインチキブリーダーめ！」

「実際には密猟して、子供を攫《さら》っておじさんに売ったんだね。全く」

私が呆《あき》れた声を上げると、おじさんは私に親指を突き立てる。

「もう少しで俺は犯罪の片棒を担ぐことになってた。俺は不幸なペットを生み出すことは望んでないからな。怪力のお嬢ちゃん、助かったぜ」

「怪力の部分は忘れてちょうだい！　あれは、たまたま！　たまたまだから！」

「あっはっは！　何だか知らねぇが、事情がありそうだな！　良いぜ、黙っててやるからこれからもそのワンコを連れて遊びに来いよ！」

幸い、この騒動で周囲の人たちは逃げ出してて私がファムリットの突進を止めるのを見ていたのはこのおじさん一人だけ。

変な噂が立っては困るので、私は秘密にしてほしいとお願いした。

（それにしても……本当に凄い力よね）

家の一つや二つ簡単に壊してしまうくらいの怪力を持つ魔獣の突進も全く話にならなかった。

どうやら、私は人さらいから逃げるどころかそのまま返り討ちにできるくらいの強さを持っているみたいだ。

再会することができた親子のファムリットは、騒ぎを聞きつけた兵士たちがやってくる前に街の外へと帰してあげた。

「ワンワン！」

「ビュー！」

クロが何かを説明をしてくれるかのようにファムリットの親子に吠えると、状況を理解したかのように鳴いてファムリットは大人しくなり、去り際には軽く頭まで下げていた。

クロの凄さは底知れない……。

こうして一件が落着すると、ペットショップのおじさんから、私は一番良いドッグフードを沢山もらった。

クロもふんふんと鼻を動かして、随分と食べたそうだ。

おじさんにお礼をして、私は店を出る。

私がファムリットの突進を止めた様子を見てから、クロもどこか得意げな様子で屋敷への帰り道を歩いている気がする。

屋敷の門番は夕方になってもしっかりと与えられた仕事をこなして、勝手な侵入者が入らないように目を光らせていた。

流石に同じ手は通用しないので、私は屋敷の周囲を取り囲む壁をクロを抱えてジャンプで飛び越えることにした。

日が落ちている時間帯であれば、周囲も暗いので塀を飛び越えてもバレなさそうだ。

窓から自分の部屋に帰ってミッションクリア。

私が夕飯に呼ばれるまではまだ少し時間がある。

「ほら、たーんとお食べ」

私は、今日頂いた最高級ドッグフードを部屋でクロに与える。

クロも何となく嬉《うれ》しそうに食べている気がした。


——そんな調子で、たまにクロと一緒に日暮れ頃から街で散歩をしたりして一緒に過ごしていた。

生前は死ぬほど働いていた反動で一〇年以上も部屋でゴロゴロと過ごしてしまったが、やっぱり外を歩くのは気持ちが良い。

クロも一緒に外に出られて嬉しそうだしね。

そんな感じでクロと一緒に過ごしていたある日。

私はクロのエサ皿に入れている袋をひっくり返す。

「あっ、ドッグフードこれで全部無くなっちゃった。明日、またもらいに行かないと……」

私がそう呟《つぶや》くとクロは食事を食べ終えて、私の手にスリスリと顔を擦ってきた。

私は思わず尋ねる。

「お、どうしたどうした？」

いつもはこんなに直接的には甘えてこないのに、何だか今日は様子が違う。

そして、私の勉強机に跳び乗ると窓をカリカリと引っかいた。

――それを見て、私はクロの気持ちを理解した。

ずっと一緒にいたから、分かる。

「……そっか、もう良いのか。うん、十分元気になったもんね」

クロはまた外の世界に戻ろうとしているのだ。

もしクロが望むのならこのまま私がこっそりと部屋で飼うつもりでいたけれど……。

巣立ちたいと言っている我が子の邪魔をしたくはない。

クロにも自分の生活があるんだろう。

「行っておいで、今度はスライムなんかにやられちゃダメだよ。貴方には立派な牙があるんだから、思いっきり噛《か》みついてやりなさい」

私はクロにエールを送ると、クロは私の言葉が分かるかのように力強く「ワン！」と返事をした。

最後に私が頭を撫でてやると、嬉しそうに尻尾を振って――

クロは私の部屋の窓から外へと飛び出して行った。

◇◇◇

――それからさらに一年。

あれだけ小さかった私も今は昔のこと……。

あれからメキメキと身長が伸び――。

「――ませんでした」

私は一年前と全く変わらない自分の姿を鏡で見つめる。

「なんでやねんっ！」

と軽くツッコミを入れると風圧で鏡が倒れそうになってしまう。

私は慌てて、鏡を手で押さえた。

女神様の勘違いで与えられたこの成長率一〇〇倍チートのせいで日常生活にもちょっとした注意が必要だ。

寝ぼけてベッドの縁を摑《つか》んだら簡単に握りつぶせてしまったし、同じようにコップを摑むときは薄氷でも摑むかのように慎重に扱わなければならない。

ドアノブも、ペンも、本でさえも、私が力加減に慣れるまではかなり慎重に握るようにしていた。

幸い、壊したのは今のところベッドの縁だけだ。

どうやら、寝ぼけてでもいない限りは結構力をセーブするのは簡単らしい。

だが、力だけじゃない。

あれから、また何度か断り切れずにヴィオラの剣術の稽古に付き合わされた。

ステータスがかなり上がってしまった私は、ヴィオラの剣もエドワードの剣も簡単に見切れるようになってしまっていた。

とはいえ、私はそのことを悟られたくなかった。

父が引退した後のアンデルセン家の次期当主は勉学やその実力によって決まる。

万が一にでも、この訳の分からない実力だけで私がアンデルセン家の次期当主になんてなってしまったら……。

統治するための知識も知恵も何も持っていない私のせいで、領民たちが路頭に迷ってしまってもおかしくない。

だから、私は今までと同じように剣術の稽古ではヴィオラにコテンパンにやられ、エドワードには見下されつつ素振りをしていた。

今や、小枝よりも軽く感じる模擬剣でね。

そんな涙ぐましい努力のかいもあって、この一年間で物を派手に壊しちゃったりすることも無かったし、もちろんあれ以来魔物なんかとは関わっていない。

なにせ、一回レベル上がるだけでとんでもない強さが手に入ってしまうのだ。

間違っても、絶対に魔物なんか倒してはいけない。

私は淑女として、あくまでか弱い少女として振る舞うのだ。

そうしないと、本当に嫁の貰い手も無くなって私は実家で一生独身のまま気まずい思いをしながら生きていくことになってしまう。

こうなったら、もう高望みなんてしないわ！

優しさが取り柄の男性と小さな家で慎《つつ》ましく生きていければ私はそれで良いの！

まぁ？　それが偶然たまたま王子様だったり？

物凄い大富豪のご子息だったりしても私は一向に構わないんだけどねっ⁉

婚活への熱意を燃やしていると、私の部屋がノックされた。

「サティ様、パーティの準備が整いましたのでお集まりください」

「分かったわ。呼びに来てくれて、ありがとう」

いつも私の元に来て、無理やり剣術やら勉強やら付き合わせてくるヴィオラも今日ばかりは来ないらしい。

そう、今日はこの名門貴族アンデルセン家の正当後継者を任命する為の大事なパーティだ。

後継者の指名はきっとヴィオラで決まりだろうけれど、私にとって重要なのはそこじゃない。

私にとっては貴重な婚活の場だ。

このチャンスを逃すわけにはいかない。

ドレスを着飾った私は勇気を奮い立たせてパーティ会場へと赴く。

そこでは、紳士淑女の方々がすでにグラスを片手に歓談していた。

みな、綺麗《きれい》に着飾っておりとても良い家柄だということが見て取れる。

一方の私はやっぱり七歳児にしか見えないけれど……しかし腐ってもアンデルセン家の長女である。

家柄は申し分ないわけだし、きっと私のことも愛してくれる人が居るはずだ。

「――あら、お姉さま！　もう来てらしたのね！　そのお姿、とっても素敵で可愛いわ！」

会場に着くと、早速ヴィオラが私の元に駆け寄ってきた。

「ありがとう、ヴィオラ。貴方《あなた》もとっても素敵よ。憎たらしいくらいにね」

「ありがとうございます！　このパーティには周辺諸国の名士の方々も来てるから、きっとお姉さまにお似合いの殿方がいらっしゃると思いますわ」

「そんな方がいれば良いんだけど……貴方はきっと引く手数多《あまた》よね」

私がそう言うと、ヴィオラは首を横に振る。

「私にはエドワードがいますもの！」

「貴方、まだエドワードが好きなの？」

私は大きなため息を吐く。

あれからもエドワードはヴィオラと仲良くやっているようだけど……。

私は周囲を見回すとヴィオラの手を引いて、パーティ会場の裏へと連れて行った。

困惑した表情のヴィオラの両肩に手を乗せて、私は真剣に話す。

「ヴィオラ、何もかもがダメダメな姉からの唯一の忠告よ。エドワードは信用ならないわ」

「エドワードはずっと昔から我がアンデルセン家に尽くしてくれているとっても素敵な殿方だと私は思っていますの！」

「私には分かるのよ。あの上辺だけ取り繕ったような笑み。私からヴィオラに乗り換えたのだって、純粋な好意からじゃないわ。今の貴方には分からないかもしれないけれど、少し警戒してほしいの」

「お姉さま……？」

「エドワードは多分――」

「――私がどうかいたしましたか？」

「ピィ⁉」

私は背後からの声に驚いて跳び上がった。

振り返ると、エドワードがいつもの笑みを浮かべて立っていた。

「サティ様、本日もお元気そうで何よりです」

「あ、あはは……ご機嫌よう。ヴィオラと話し合っていたの、貴方は素敵な人だって」

「それはそれは、大変恐縮です。では、またパーティ会場でお会いしましょう」

エドワードはそう言って、その場を離れる。

良かった、聞かれてなかったみたい。

私が大きく息を吐いて額の汗を拭っていると、ヴィオラは私を見てゆっくりと話す。

「エドワードは私の初恋の相手なの。お姉さまに夢中だった彼がようやく私に振り向いてくれた。だから、一緒になりたい気持ちは変わらないわ」

そう言った後、私の手を取る。

「でも、優しいお姉さまがそう言うんだもの。私も少し慎重になってみる」

「ヴィオラ……」

「さぁ、パーティに戻りましょ！　お姉さまの婚活のチャンスですもの。一秒も無駄にはできませんわ！」

「……えぇ、そうね！」

私はヴィオラと共にパーティ会場へと戻る。

そうだ、ヴィオラの心配なんてしている場合じゃない。

私は自分の婚活で忙しいのだ。

子供体型の身体の事はもう仕方がない、ならば数撃って当てていくしかない。

私は早速、パーティ会場の殿方たちに次々に声をかけていく。

「おや、可愛らしいお嬢さん。パパやママはどこかな？」

「悪いね、お菓子は持っていないんだ」

「綺麗なドレスだね、ママと選んだの？」

しかし、誰もかれもが微笑《ほほえ》みを浮かべて私をあしらってゆく。

完全に私のことを子供扱いだ。

事情を説明して、私がすでに一四歳だということを伝えるとさらに周囲の目は奇怪なものを見るような表情に変わる。

こんな見た目なら仕方がないんだけど……理想のお婿様を探すどころじゃなかった。

（覚悟はしていたけど……やっぱり辛《つら》いわ……）

引きこもっていた私の判断は正しかったのかもしれない。

今や、一四歳の幼女が居ると会場中で噂されている。

うっ、前世でも全く同じような陰口を言われてイジメられてたトラウマが……！

そんなこんなで私が奮闘している間に、パーティの主催である私の父――ルーベルト・アンデルセンが大きな咳《せき》ばらいをして注目を集める。

「お集まりの皆々様！　本日は我がアンデルセン家の次期当主任命の式にお集まりいただき誠にありがとうございます！」

お父様が頭を下げると、会場中が拍手で応えた。

「さて、本来であれば長女であるサンタテレサがアンデルセン家の当主を継ぐはずでしたが、悲しい事に原因不明の病にかかってしまいまして……その為、アンデルセン家の当主は次女のヴィオラに継がせることといたします！」

その声に、ヴィオラは堂々とした出で立ちで応え、父の前に跪《ひざまず》いた。

「お父様、このヴィオラ。アンデルセン家の次女として立派に勤めを果たしてみせますわ！　お姉さまの分まで！」

「あぁ、頑張ってくれ！　サティの分まで！」

なんか、勝手に死んだみたいな扱いにされている私。

しかし、お母様もその横で笑っているし、エドワードも温かい拍手でヴィオラを祝福している。

期待されてないニートって本当に肩身が狭いのね。

会場中が拍手で次期当主の任命を祝福している中、私はパーティ会場の料理を貪るだけのやけ食い女と化していた。

◇◇◇

パーティが終わると、私はバルコニーで食後の紅茶を飲んでいた。

もちろん、私の収穫はゼロ。

いや、飴玉《あめだま》を沢山もらったくらいだ。

どうにもならない人生の苦みをどうにか夕暮れの赤さで中和しているところに、ヴィオラが誰かと話しながらやってくるのが見えた。

私はとっさにバルコニーの柱の陰に隠れる。

「ヴィオラ様、おめでとうございます」

エドワードだ。

嫌味なほどに綺麗な笑顔をヴィオラに向けている。

「いえ、これから頑張っていかなければなりませんわ。お父様はまだ現役ですから、少しずつ貴族としてのお勤めも覚えていかなければなりません」

「それは大変立派な志です」

エドワードはそう言うと、ヴィオラの前で跪いた。

そして、小さな小箱を取り出して中の指輪を差し出す。

「その立派なお役目、私に隣で手助けをさせてはくれませんでしょうか……？」

「エドワード……」

「ヴィオラ様。時には厳しく、時には優しく、貴方様の成長をずっと見守ってきました。私以上に貴方の素晴らしさ、魅力が分かっている人間はいない。どうか、この指輪を受け取ってくれませんか？」

ヴィオラは幸せそうな顔をしていた。

私は柱の陰で紅茶をすすりながら、その様子をじっと見守る。

ヴィオラはエドワードが差し出した指輪に手を伸ばし……。

そして、寸前のところで何かを思い出したかのようにその手を止めた。

「……エドワード。貴方の申し出、凄く嬉しいわ。まるで夢でも見ているみたい」

「――でしたらっ！」

「でも、もう少し慎重に考えたいの。だって、これは大切な決断だから」

ヴィオラの返事に、エドワードは何やら慌て始める。

「で、ですが！　ご両親もきっと私ならば喜ばれますよ！　貴方をお守りする実力もあります！」

ヴィオラは首を横に振る。

「私にとって大切な人はもう一人いるの。その人の事も無視できないわ。ごめんなさい」

「そんな……」

ヴィオラは踵《きびす》を返す。

「陽《ひ》が落ちて、冷えてきたわ。エドワードも風邪をひく前に中に戻って今日は休みましょ。パーティや挨拶《あいさつ》回りで疲れているでしょう」

そう言うと、ヴィオラはバルコニーから室内へと戻って行った。

あれ、何だか紅茶がしょっぱくなってきた……。

ヴィオラ……あんた、私の事なんて馬鹿にするだけで姉だなんて微塵《みじん》も思ってないと思っていたのに。

ちゃんと、私の助言を受け入れてくれたのね……。

人知れず感動していると、バルコニーに一人残されたエドワードは呆《ほう》けた状態で呟く。

「『大切な人』だと……？　俺以外に……？　なぜだ、全ては計画通りに進んでいたはず……」

あらら、エドワードも少し勘違いしているわ。

ヴィオラが言う『大切な人』は別に他に好きな人が居るわけではなく、他の誰でもない私の事だ。

なのに、失恋をしたと思い込んでいる。

何となくエドワードに対しての優越感を覚えながら、私もエドワードの後からこっそりと屋敷の中へと戻った。

◇◇◇

――その日の夜のことだった。

何やら城内が騒ぎになっていた。

私は扉を開いて、メイドたちの声を聞く。

「ヴィオラ様！　ヴィオラ様！　どこにいらっしゃいますか！」

「捜せ！　裏の森もだ！」

「何てこと……まさか、次期当主任命の直後にこんなことになるなんて……！」

そして、お父様とお母様も顔を青くして指示を飛ばす。

「私たちの大事な娘だ！　全力で捜せ！」

「あぁ、ヴィオラ！　何てこと！　一体何処《どこ》へ行ってしまったの！」

どうやら、ヴィオラが行方不明になってしまったらしい。

お父様もお母様も酷《ひど》く取り乱している。

ヴィオラが何も言わずに一人で居なくなるはずなんてない。

であれば、攫われた可能性が高い。

これだけの大事件になっているのも納得だ。

（ひとまず、私は無事な事を知らせてお父様とお母様を安心させてあげないと……）

私は部屋を出ていくと、二人の前で胸を張る。

「お父様、お母様、ご安心ください。私は――サティは無事です！」

励ますように言うと、お父様とお母様の間で変な沈黙が流れる。

「そ、そうか……」

「あぁ、ヴィオラ！　私の可愛いヴィオラはどこなの⁉」

「何としてでも捜せ！　アンデルセン家の未来だぞ！」

分かっていたが、扱いが違いすぎる。

完全に「いや、お前がいてもな……」みたいな目をしていた。

もうグレて家出でもした方が良いんじゃないか……。

なんて思いつつも、私もヴィオラの事が心配だ。

どうにか見つけ出したい。

「エドワード！　エドワードはどこだ！」

「そうよ！　エドワードならこんな時、頼りになるわ！」

両親の要望に、メイドたちは答える。

「見当たりません！　すでに裏手の森を捜索しているのかもしれません！」

嫌な予感がする……。

(とにかく、裏手の森が怪しいわ……！)

私は自分の部屋の窓から外に飛び出して森に向かう。

——そして、絶望した。

森の範囲があまりにも広いのだ。

これじゃあ、捜すことなんて……。

途方に暮れそうになっていると、突如森の中から大きな黒い狼《おおかみ》が現れた。

本来なら一目散に逃げなくちゃならないんだけど……。

その狼からは危険な感じが一切しない。

むしろ、どこか懐かしいような……。

とてもよく知っているような……。

「も、もしかして……クロ？」

その昔、私が保護した子犬の名前を呼ぶと、肯定でもするようにその頭を私に向けて下げた。

そりゃ確かに「大きく育って！」なんて毎日願掛けをしながらご飯を与えてたけど……。

たった一年でここまで大きくなるなんて。

というか、クロって犬じゃなくて狼だったの……？

私はそんな立派になったクロを見て閃《ひらめ》いた。

「そうだ！　クロなら匂いをたどってヴィオラの元へと連れて行ってくれるんじゃないかしら⁉」

「ワン！」

「ちょっと待っててね！」

私は急いで屋敷に戻り、ヴィオラの部屋から服を一枚拝借する。

そして、戻ってくるとクロの前に差し出した。

「妹を捜してるの、この匂いのする所に連れて行ってくれる？」

私の意図を理解するようにクロは服の匂いを嗅ぎ、そして私の前で伏せをする。

まるで、「乗ってくれ」とでも言っているみたい。

「ありがとう、ヴィオラの元までお願いね」

「ワン！」

私はクロの背に乗って森の中を駆けて行った。

◇◇◇

「――ここが、ヴィオラの居る場所？」

三〇分ほど森の中を駆けてたどり着いたのは、非常に分かりにくい場所にある洞窟だった。

密集した木の中に隠されるような形で、平べったい岩が横からくり抜かれている。

まるで隠れ家として、岩を意図的に加工したようだった。

入り口には、盗賊のような格好の男が二人立っている。

屋敷から随分と離れた場所まで連れてこられたようだ。

これじゃあ屋敷の捜索班たちも、せめて朝にでもならないと見つけられそうにない。

そのころにはコイツらもすでにヴィオラを連れて移動しているだろう。

「ヴィオラを助けに行かなくちゃ……」

私はクロの背中から降りる。

クロを連れて行ったら入り口で大騒ぎになるだろう。

その結果、ヴィオラを洞窟の裏口とかから連れ出されたら取り返すのがさらに困難になる。

ここは、警戒されない私が助けに行くべきだ。

「クロはここで『待て』ね。私一人で行ってくるから」

「ワン！」

「あっ、でも悪い奴が来たらちゃんと攻撃するのよ？　またスライムなんかに負けちゃダメよ？」

「ワン！」

私は姉として、妹のヴィオラを救出する為に洞窟へ向けて歩いて行った。

洞窟の入り口にいる二人の荒くれ者たちに、私は優雅に挨拶をする。

「こんばんは、ちょっと良いかしら？」

「なんだぁ、おチビちゃん」

「どうしてこんな所にガキが居るんだ？　今は忙しいんだ、どっかに消えな」

私は大きくため息を吐く。

「貴方たちが攫った私の大切な妹——ヴィオラを返してもらいにきたわ」

そう言うと、二人の盗賊は驚く。

「な、なんで知ってるんだ⁉」

「お頭はこの場所が分からねぇように完璧に攫ってきたはず！」

「あら、教えてくれてありがとう。おバカさんたち」

私がにっこりと微笑むと、盗賊二人は剣を出して私に向ける。

「テメェ、何者だ！」

「言ったでしょ？　私はヴィオラの姉。アンデルセン家の長女——サンタテレサ・アンデルセンよ」

「お前が長女だぁ？　嘘《うそ》つけ、お前の方が小せぇじゃねぇか」

「それは自分でもよく分からないわ」

「おいおい、何の騒ぎだ……？」

入り口での騒ぎを聞きつけ、洞窟の奥から金髪の男が他の盗賊を引き連れて出てきた。

「お、お頭！　変な女が来ました！」

「なんか、妹を取り返しに来たとかで！」

「ほう……」

その男は、アンデルセン家が貸与した服を着ていた。

腰には鉄の剣を差して、よく見る笑みを浮かべていた。

そう、エドワードだった。

エドワードは私を見て、丁寧にお辞儀をする。

「これはこれは、サティお嬢様じゃありませんか。どうしてこんな所に？」

「こんばんは、エドワード。貴方がヴィオラを攫ってたなんてね、意外性に欠けるわ」

私が腕を組んで笑ってやると、エドワードは笑顔のまま固まる。

「私が？　違います、サティ様。それは大きな誤解ですよ。私は一人で森の奥を歩かれていたヴィオラ様を保護していたのです」

「この剣を持った荒くれ者たちは何なのよ？」

「……私の仲間ですよ。傭兵《ようへい》時代のね。この森もスライムが出ますから、こうして用心の為に武器を持っているんです」

エドワードの話に合わせるように、周囲の荒くれ者たちは剣を納めて頷《うなず》いた。

「……分かったわ、じゃあ良いからさっさとヴィオラを渡して。私が連れて帰るわ」

「もちろんです！　ところで、サティ様しかお見えにならないみたいですが他の方は？」

白々しく、私以外にここを知る人間が居ないかをエドワードは確認する。

「私しかいないわ。この場所を見つけたのも私だけ。きっとまだみんな屋敷の周辺しか捜せていないわね」

「そうでしたか、どうやら大変な騒ぎになっているご様子。ささ、サティ様。洞窟の中へどうぞ。ヴィオラ様がお待ちですよ」

そう言って、エドワードは私を中へと招いた。

私がエドワードの後ろをついて行って洞窟に入ると、入り口が他の男たちに塞《ふさ》がれる。

(私を生きて帰す気はないのね……分かりやすい)

そのまま、エドワードの後ろをしばらく歩く。

そして、洞窟の奥には確かにヴィオラがいた。

両手足を縄で縛られた状態で……。

私を見て、ヴィオラは驚きの声を上げる。

「お姉さま⁉　なんでこの場所に！」

私は大きなため息を吐く。

「ヴィオラ、こんな所まで遊びに来るなんて困った子。帰るわよ、みんな心配しているわ」

「――に、逃げてっ！　殺されちゃうわ！」

エドワードは腰に下げていた剣を抜いて、私の首に当てる。

「サティ様、残念です。貴方は出来損ないなんですから、何もせずにただ屋敷の中でぬくぬくとしていれば良かったのに」

そして、私の周囲の手下たちも私に剣を向けた。

「へへっ、このガキ。筋金入りのバカだぜ！」

「わざわざ、人に見つからねぇ場所にむざむざ殺されに来るとはよぉ」

「おい、ヴィオラ。お前もこうなりたくなかったら俺たちの言うことを聞いて大人しくしてるんだな」

私に剣が向けられている様子を見て、ヴィオラは大粒の涙を流す。

「やめて！　貴方たちは私を攫って身代金が欲しいんでしょ⁉　だったらお姉さまに人質としての価値はないわ！」

「ヴィオラ、だから殺されそうになっているし、なんというかもっとこう……手心というか……。いや、事実なんだけど」

味方であるはずのヴィオラから銃弾を心に受けて、私は胸が苦しくなる。

ヴィオラは混乱しているだけ。私を助けるために言ってくれているのよ。

きっと……うん。

エドワードは嘲笑する。

「哀れなサティ様。当主を引き継ぐこともできない出来損ないな上に、こんな所で殺されることになるなんて」

「哀れなのはエドワードでしょ？　アンデルセン家の資産を手にするために何年も前からヴィオラに近づいて、フラれた挙げ句に誘拐なんてしてるんだから」

エドワードの手下の一人が私の様子に激高する。

「――テメェ、今の状況が分かってんのか⁉」

「状況が分かっていないのは貴方たちの方よ。妹を誘拐して、私を怒らせて……無事で済むと思ってるの？」

やれやれといった様子でため息を吐くと、私は首元に当てられたエドワードの剣の刃を指でつまむ。

「……こいつ、何してんだ？」

周囲は笑うが、ただ一人――

エドワードだけが異変に気がつき頬に一筋の汗が伝った。

「――⁉　な、何だ……剣がピクリとも動かない……⁉」

「あら？　どうしたのかしら？　私は出来損ないの、か弱い淑女ですのに動かせないんですか？」

私は剣先を指でつまんだまま、ゆっくりとエドワードに剣を押し返してゆく。

「ぬ、ぎぎぎぎ！」

「もう少し力を入れても良いのよ？　手加減だなんて優しいのね」

エドワードは剣を両手で持って脂汗を垂らしながら押し返そうと必死になっている。

しかし、成長率一〇〇倍チートが与えられている私の敵ではない。

「ほらほら、頑張れ頑張れ？」

「お頭!?　な、何をやっているんですか!?」

「お、お前ら！　このガキを切り殺せ！　何か変だ！」

「へ、ヘイッ！」

「死ねぇ〜！」

エドワードの一声で周囲の仲間たちが私に剣で斬りかかる。

「お姉さまっ！　危ないっ！」

それを見て、ヴィオラは悲痛な叫び声を上げた。

しかし、私にとっては丸めた新聞紙で小学生たちが叩《たた》きにくるようなもの。

何より、こいつらの動きも私にしてみれば非常に遅い。

エドワードの剣先をつまんだまま、私は周囲から迫りくる剣を華麗に避《よ》けていく。

「あら、エドワードったら剣術だけじゃなくてダンスのレッスンまでしてくれるの？　屋敷に居た頃は随分と冷たかったのに」

「くそっ、どうなってやがる！　剣が当たらねぇ！」

「――でもエドワード、せっかくだもの。貴方も一緒に踊らせてあげるわ」

私は、剣を避けながらエドワードが両手で必死に握りしめている剣の先を指で一回転にひねり上げる。

すると、エドワードも剣と連動して一回転して尻もちをついた。

そして、剣を手放してしまう。

「お頭！　無理です、こいつ強すぎます！」

「くそ、剣が当たりさえすれば……！」

「あら、じゃあ当ててみる？」

私は、わざと動きを止めると全員の剣を全身で受け止める。

私の無敵の身体の前には、薄皮すら斬ることも叶《かな》わない。

当然よね。ファムリットの突撃にさえ、傷一つないのだから。

私は手に持っていたエドワードの剣を握りつぶして砕くと、周囲の剣も薙《な》ぎ払うようにして指先で破壊する。

「貴方たちの剣は砂糖菓子でできているのかしら？」

私が笑いかけると、エドワードの仲間たちは自分たちの折れた剣を見て顔を真っ青にした。

「ば、バケモンだぁ！」

「逃げろ！　殺されちまう！」

「――逃げても良いわよ、死にたいならね」

入って来た洞窟を逆走して、盗賊たちは入り口へと向かう。

そして、私から逃げてようやくたどり着いた外の景色は夜の闇よりも暗い漆黒に包まれていた。

「グルルル！　ガウッガウッ！」

その漆黒は恐ろしい狼の形をしていた。

クロにはちゃんと、「悪い奴が来たら攻撃するように」言っておいたからね。

一歩でも外に出たら、食い殺される……。

そんな、確かな予感をこの男たちに感じさせていた。

私は呆然《ぼうぜん》としているヴィオラを縛っている縄を素手で千切る。

「お、お姉さま……一体その力は……？」

「ふふん、ヴィオラ。私は貴方のお姉ちゃんよ。当然貴方を助ける為ならいくらでも強くなれるわ」

「お姉さま……！」

ヴィオラは私の胸に飛びつく。

「ごめんなさい、私……お姉さまに沢山意地悪をしちゃったわ」

「良いのよ、貴方の意地悪なんて可愛いモノよ」

「沢山、迷惑もかけちゃった」

「迷惑だなんて思っていないわ、本当は嬉しかった」

「お姉さまの言うことも聞かなかったし……」

「でも、最後は私を信じてくれたでしょ？」

「お姉さまの分のオヤツも勝手に食べてた……」

「それは初耳ね。後で話し合いましょ」

私はヴィオラと手を繋《つな》いで、逃げて行った男たちの後から洞窟の入り口へ向かう。

クロの恐ろしい威嚇に、入り口で尻もちをついているエドワードに詰め寄る。

「エドワード、仲間たちと一緒に大人しく縄で縛られるか……私の飼い犬に食われるか選びなさい？」

「ひぃぃぃ⁉」

常に余裕のある笑みを浮かべていたエドワードは別人のように怯《おび》えながら震え上がっていた。

少し驚かせすぎてしまったのだろうか。

いや、でも私の大切な妹を誑《たぶら》かした上に怖がらせたんだもの。

これでも生ぬるいくらいよね。

「そうだ、もう一度私と戦っても良いわよ？　クソ雑魚の私にやられたままなんて、情けないものね」

そう言うと、エドワードはクロに吠えられている時よりも震え上がる。

どういう意味よそれ。

「降参します！　私の悪事は全て、償います！　だから、命だけはぁ！」

私のことを完全に化け物を見ているような目で、エドワードは仲間たちと共に土下座を決め込んだ。

◇◇◇

「おー、出るわ出るわ。余罪が次々と……」

エドワードたちが立てこもっていた洞窟からは盗品と思われる物品がいくつも見つかる。

「巷《ちまた》で噂になってた『黒影の牙』。その親玉が貴方――エドワードだったのね。よくもまぁ、私たちに隠れてこそこそと悪事を働いたモノだわ」

「私、すっかり騙《だま》されてしまいました……恋は盲目、怖いものです」

「――げっ！　ファムリットを密猟して、ブリーダーのフリしておじさんに売ったのも貴方たちなのね！　全く、一発ずつ殴っていった方が良いかしら？」

私の脅しに、エドワードたち『黒影の牙』は震え上がる。

少しでも力の加減を間違えれば死ぬことを理解しているからだろう。

「それで、お姉さま……気になっていたんですけど、この大きな狼さんは大丈夫なんですか？」

「あぁ、クロね。大丈夫よ、悪い奴にしか噛みつかないから。ほら、ヴィオラも撫でてあげて」

「は、はい！　クロちゃん、助けてくれてありがとう」

「ワン！」

ヴィオラがクロの背中を撫でると、クロは嬉しそうに鳴いた。

さらに、洞窟の奥の木箱を調べるとアンデルセン家を乗っ取る計画書までもが見つかった。

八年前から、アンデルセン家の次期当主と婚約をするか、または誘拐をする計画を立てていたようだ。

「エドワードの文字はアンデルセン家の者がみんな知っていますから、これは言い逃れできません。私ったら、本当に恐ろしいことになるところでしたのね」

ヴィオラは反省した様子でうつむいた。

私はため息を吐いて、慰めるようにヴィオラの頭を撫でてやる。

「ヴィオラ、もう悪い男に捕まっちゃダメよ」

「はい！」

ヴィオラは元気よく私の手を握る。

そして、興奮するように鼻息を荒くして私に顔をグイグイと近づけてきた。

「お姉さま、アンデルセン家の当主はやっぱりカッコ良いお姉さまにこそ相応《ふさわ》しいですわ！　足りないところは私がそばでサポートいたしますから、一緒に仲良くアンデルセン家を更なる繁栄へと盛り上げましょう！」

ヴィオラの提案を私は頰をかきながら断る。

「あ〜、それはやめておくわ。私、頭が悪くて統治とかできないし……それにやっぱりヴィオラが相応しいわよ。私は自分の境遇を嘆いてぐうたらしてただけ、ヴィオラはちゃんと頑張っていたじゃない」

「で、でも……！」

「ヴィオラ、今回エドワードたち『黒影の牙』を捕らえた功績は貴方のモノにしなさい。そうすればきっと、領民たちも次期当主である貴方を尊敬するわ」

「そんな……でもこれはお姉さまが！」

「私は良いのよ、それに私にこんな力があるなんて周りに知られたくないわ。ヴィオラなら剣術の実力もあるんだから、話の筋も通るでしょ？」

私が言いくるめると、ヴィオラは小さく頷いた。

「……分かりました！　でも、お父様とお母様にはご報告させてください！　私を守り、救ってくださったのはお姉さまだと！」

お父様もお母様も私にはすっかり愛想を尽かしている。

そして、唯一私の事を気にかけてくれているのはヴィオラだけだ。

そんなヴィオラも、お父様やお母様の私への無関心は気になっていたみたい。

そういえば、私が部屋に引きこもるようになってからも「お姉さまは本当は凄い！」とか、「お姉さまはやればできる子なんです！」とかお父様とお母様に力説してたっけ。

私は余計な事言わないでよ～なんて思っていたけど……。

ヴィオラにとっては、私は昔憧れたような姉のままでいられたのかしら。

そんな都合の良い事を考えて、私はヴィオラにお願いをする。

「分かったわ、ヴィオラ。ありがとう。私はこの場所でこいつらが逃げ出さないように見張っているから。ヴィオラは屋敷に行って、みんなにこの場所を知らせてくれる？」

「わ、分かりました！」

『黒影の牙』のメンバーは全員縛っているけれど、やっぱり私が見張ってないと逃げ出すかも分からないからね。

私は走っていくヴィオラの後姿を見送る。

「さて、これで一件落着ね……」

一人で呟いて、大きくため息を吐く。

すると、背後から気だるそうな声が聞こえた。

「お見事、サンタテレサ・アンデルセン。いや――」

振り返ると、一人の男が森の木に寄りかかっていた。

パーカーを着た、青髪の不健康そうな男だ。

「――転生者、小山内咲《おさないさき》……だったな」

この男は、私の前世の名前を呼んだ。

「あ、アンタは一体……⁉」

「ようやく時間が取れてな、様子を見に来た。俺が冥界の王ハデスだ。どうだ、夢の異世界生活は――」

その名前を聞いた瞬間、私は速攻でこの男の胸倉に掴みかかる。

「アンタがハデスね⁉　どうもこうもないわ！　私にかけたこの加護《ギフト》を解きなさい！」

凄《すご》む私を見て、ハデスは困惑の表情を見せる。

「どうしてだ？　望んだ通りにしたつもりだが」

「それは……ちょっとした行き違いがあったというか！　とにかく、勘違いなの！　私はこんなに強くなんてなりたくなかったわ！」

「……それは残念だったな、一度生まれたら俺の加護はそう簡単に取り消せん。お前は他の冒険者の一〇〇倍の速度で強くなる」

ハデスは淡々と述べる。

これに関しては、私も女神様への伝え方が悪かった非があるので強く非難することもできない。恥ずかしがらずにちゃんとハッキリと伝えて、確認しておけば良かったのだから。

行き場のない怒りを鎮めつつ、次なる怒りを再燃させた。

「じゃあ、私のこの身体はどういうワケなのよ！　どうしてこんなに小さいままなの⁉」

ハデスは私を見ると、一言。

「お前……〝呪い〟を受けているな」

「……は？　呪い？」

「〝不老の呪い〟だ。恐らく七歳くらいの時にかけられたな。これに関しては完全に俺の預かり知らぬところだ」

私はハデスの胸倉から手を放す。

「ど、どうして……」

「分からんが、そいつを解くのもかなりの骨だぞ。俺じゃどうにもならん」

無情な真実を告げられて、私は力なくその場に崩れ落ちる。

「そんな……どうすれば……」

「まさか、こんな事になってるとはな。全く、本当にお前は予想がつかない奴だな」

「……アンタ、ちょっと面白がってない？」

「そんな訳ないだろ。勘違いで強大な力を渡したのは悪いと思っているし、そんな呪いを受けた事も同情している」

「同情するなら呪い解いてよ～！」

私が見た目通りの幼女ならわんわんと声を上げて泣いていただろう。

しかし、中身は三〇歳超えの大人。

私は無様に泣きマネをすることしかできない。

それから、ハデスは私のそばにいるクロを見てため息を吐く。

「〝ケルベロス〟、お前こんな所に来ていたのか」

ケルベロスと呼ばれた黒い狼――もといクロはハデスに頭を撫でられて嬉しそうな表情をする。

しかし、私の疑問は増え続ける。

「ケルベロス？　クロが？　ケルベロスって確か三つの首があるんじゃなかった？」

「それは、ケルベロスの完全体だな。三匹の狼が合体した姿だ。普段は分かれてる。交代制で地獄の門を守っているんだ」

「なるほど、確かにワンオペじゃ寝る暇もないものね……」

ハデスはケルベロスの首元を撫でながら、頷く。

「ふんふん……なるほど。どうやらお前に恩があるから一緒に居たいらしい」

「確かに、スライムに襲われてたのを保護したけれど……そもそも、地獄の門の番犬がどうしてスライムなんかにやられそうになってたのよ」

「ヘラクレスに無理やり地上に連れてこられたらしい。その時の戦いで力をほとんど使い果たして小さくなっていた。全く、あの糞《くそ》陽キャ神め」

「そう……何だか神々の間にも私にはよく分からない関係性があるのね」

まぁ、そこらへんのイザコザは私には関係ない話だ。

とにかく分かったことは一つだけ。

私はワザとらしく大きなため息を吐く。

「ハデス様って冥界の神のくせに私の呪いを解くこともできない無能なのね」

「悪かったな。まぁ、呪いを解く方法が無いわけじゃない」

「――っ！　そ、そうよね！　この世界でかけられたんだから、当然解く方法もこの世界にあるわよね！」

私の様子を見て、ハデスは腕を組むと意地悪そうな笑みを浮かべる。

「だが、俺は無能の神だからな。無能すぎて覚えてないかもしれん」

「ぐっ……性格の悪い！　悪かったわよ、謝るから教えてちょうだい！」

あの女神といい、なんでみんなこんなに俗っぽいのよ。

そもそもヨレヨレのパーカーなんか着てるし、目は死んでるし、目の下にはクマもあるし、コイツ本当に神なのかしら？

とはいえ、信じるしかない私はハデスの答えを待つ。

「お前にかけられた呪いはかなり強力だが、どんな呪いも解く最強の方法がある」

「お、教えて！　ほら、早く！」

「……『真実の愛』だ」

「………………」

あまりにファンタジーでメルヘンな答えに私はフリーズする。

そういやここファンタジーの世界だった。

この男の口から出てくる言葉としては似合わなすぎる気もするけど……。

そして、自分なりによく考えてとある矛盾に気がついた。

「私、素敵な殿方との『真実の愛』を求めるために『身体を元に戻したい』んだけど？」

「『身体を戻す』為には『真実の愛が必要』だな」

そもそも、身体が元に戻らないと私に真実の愛なんて求められるわけもなくて……。

でも、元に戻る為には真実の愛が必要で……。

あれ？　詰んでない？

「目的と手段が逆転しちゃってるじゃない！」

私が怒鳴ると、ハデスは降参するように両手を上げる。

「分かった分かった、俺の方でも別の呪いの解き方を調べておく。はぁ、また残業が増えるな」

「うっ、そ、それは何だか悪い気がするけど……」

「構わないさ、お前は見てて面白すぎるからな」

「何か、ムカつく。で？　私はこれからどうすれば良いの？」

私が尋ねると、ハデスはあごに手を当てて考える。

「少なくとも、呪いを解く方法はこの国にはないな。真実の愛がここにあるなら話は別だが」

「だから、私のこんな姿じゃ誰も愛してくれないっての」

私が不貞腐《ふてくさ》れながら呟くと、ハデスは首をひねる。

「――どうしてだ？」

「あのねぇ、私の見た目は七歳かそこそこなのよ？　つまり、私の前世の世界で言うところの小学一年生ってこと。そんなのと真実の愛を育もうだなんて思ってくれる殿方はいないわよ」

「――だが、ここは異世界だ。確かにサティが元居た世界と似た場所を選んだが、別に子供と恋をしてはいけないだなんて法律はないだろう？」

「ダメだこりゃ……そりゃ寿命が無い神様の感覚と私たち人間の感覚は違うわよね」

大きなため息を吐く。

ハデスは私の顔を死んだ瞳でじっと見ていて、変な沈黙が流れた。

……コイツ、もしかして。

「……もしかして、アンタなりに私の背中を押してくれてるの？」

「何を言っているのかは分からんが、俺は素直に自分の感想を言っているだけだ。その姿のまま探せば良いじゃないか、真実の愛を」

それはつまり、『その姿でも十分魅力的だよ』ってことだろうか。

いや、こんなにコミュニケーションが壊滅的な奴がそんなに気の利いたことを言ってくれるはずがない。

……ってことは逆に考えると本心ってこと？

もしかして、本当にこの姿でもいけるのだろうか婚活。

モヤモヤしつつ、私はこの話を先に進める。

「そもそも、何よ？　真実の愛って？」

私が尋ねると、ハデスは自分の眉をハの字に曲げる。

反射的に、私は頭を下げた。

「ごめんなさい」

「おい、何で謝るんだ。しかも、そんなにちゃんと頭まで下げて」

「真実の愛だなんてモノを尋ねる相手を間違えたって、私でも分かるわ」

「はぁ、まぁ別に間違ってはいないがな。正直俺にも分からん」

「何か分からないモノを探せってこと？　そもそも、本当にそんなのに効果があるの？」

「効果は俺が保証する、俺も真実の愛の力は何度か目の当たりにしたからな」

そう言うと、ハデスは指を弾《はじ》いて私に断片的な映像を見せる。

「真実の愛はどんな呪いも、不幸な運命もはねのける。恐ろしい獣の姿にされた王子も真実の愛で元の人間の姿へと戻って幸せな生活を手に入れたし。どんなに強大な魔女も、その呪いも真実の愛の前に討ち滅ぼされた」

もう一度指を弾くと、私の前に映し出された映像たちは消えた。

今の話を聞いて、私は少し興奮していた。

困難を前に発揮される真実の愛の力。

そんなモノで結ばれるなんて、まさに異世界に来たかいがあるって感じじゃない！

私はため息を吐きながらやれやれと首を横に振る。

「どうやら、私にかけられた呪いも私の最高の恋愛をするための演出だったようね」

「急にどうした？」

「私、燃えてきたわ！　絶対に真実の愛を見つけて、この姿から本来のあるべきナイスバディな姿に戻ってやるんだから！」

私が右腕を突き上げると、ハデスは死んだような瞳でそれを見ていた。

何よ、何か言いたいなら言いなさいよ。

「ではサティ。俺から一つ、真実の愛について知っていることを教えよう」

「何よ、アンタでも知ってる事があるんじゃない！　早く教えなさいよ！」

私は再びハデスの胸倉に飛び掛からん勢いで問い詰める。

「真実の愛を手に入れた者たちには共通した特徴があった」

自分の部屋に引きこもって自堕落な生活をしたまま真実の愛を見つけられたような者はいなかったな」

「みな〝努力〟していた。困難に立ち向かい、守られるばかりじゃなく大切な人を守る努力をしていた。

「うんうん！　それはそれは⁉」

「…………」

ハデスの言いたいことは分かった。

つまり、「お前、このままじゃ無理だぞ」と言っているのだ。

このままじゃ、王子様が迎えに来ることを願い続けて子供部屋で老い朽ちていくのみ……。

労働の無い居心地の良い生活。

しかし、それでは私が本当に手に入れたいモノは手に入らない。

ハデスは私の考えを見透かしているかのように提案する。

「そうだな……旅にでも出たらどうだ？」

「旅～？　私、一度も国外に出た事ないのよ？」

「ケルベロスも居ることだし、せっかく無敵の肉体を手に入れたんだ。それに、俺もお前がもっと滅茶苦茶《めちゃくちゃ》しているところが見たいしな」

「それが本音でしょ！　私はアンタなんかの為には動かないわよ！」

「だが、この国で真実の愛は見つかりそうか？　お前が心から愛する人はいたか？　平和な国だ、真実の愛を育むための困難も何もないだろう？」

「うぐぅ……そ、それは……」

正直、ハデスの言う通りだと思う。

この国でできることといえば、婚活に勤《いそ》しんでお父様のコネでお見合いでも組んでもらうのが関の山。

そして、その最大のチャンスであるアンデルセン家のパーティで全く手ごたえを感じなかったのだ。

このまま小さくまとまってダラダラとしていては、また気がつかぬうちに三〇歳……なんて前世と同じ轍《てつ》を踏んでしまうのが目に見えている。

それなら、諸外国を回って様々な価値観を持った方々に婚活を仕掛けていった方が高確率だろう。

私が言葉に詰まったタイミングで、ハデスは自分の隣に時空の裂け目のようなモノを作り出した。

「――さて、悪いが俺はもう仕事に戻らないとだ。死者の列が長くて冥界は常に大忙しだからな」

「あっ、ちょっと待ちなさい！　まだ話は――」

「じゃあな、また時間ができたら来てやるよ。ほら、お前の妹も帰ってきたようだぞ」

ハデスが時空の裂け目のような場所に入って消えていくと、ヴィオラが小走りでやってきた。

「――お姉さま！　お父様たちを連れてきましたわ！　あれ、今どなたかとお話ししていましたか？」

「……なんでもないわ、ヴィオラ。ありがとう」

くそっ、あいつめ結局何もしてくれなかった……。

今度会ったら、あのパーカー剝ぎ取ってやろうかしら。

そんな事を考えていると、屋敷からやってきたお父様とお母様は捕らえられたエドワード――より先に私の隣に居る大きな黒い狼を見て驚く。

「ま、魔物か⁉」

「サティ、危ないわ！」

まぁ、そりゃそうか。

「お父様、お母様、大丈夫です。この子はクロ、育ちすぎてしまっただけの私の飼い犬なので……」

もうこの二人を安心させるために私は犬だと説明することにした。

まさか「地獄の番犬ですよ」だなんて真実は言えない。

そして、ようやく二人は捕縛されているエドワードに視線を落とした。

「そんな、ほ、本当にエドワードが犯人だったなんて」

「信じられないわ、あんなに私たちに良くしてくれてたのに……」

「それは全部コイツがでっち上げた偽りの姿よ、アンデルセン家の資産を狙った……ね。ヴィオラも縛り上げていたし、私なんか殺されるところだったんだから」

ため息を吐く私の両肩に、お父様は手を置く。

そして、私の目を真っすぐと見つめた。

「……サティ、話は全てヴィオラから聞いた」

「えぇ、本当に立派ね。ごめんなさい、さっきは『いや、貴方が居ても……』なんて思っちゃって……」

本当に思ってたんかい。

何て心の中で悪態を吐《つ》きつつも、私は屋敷の中でそう思われるような人間だったので仕方がない。

――こうして、エドワードたちは全員この国――セルナーデ王国の騎士団に引き渡された。

古くから信頼していた人間が実は資産を狙っている悪人だった。

この経験はきっと、アンデルセン家やヴィオラの今後にとって良い勉強になっただろう。

お父様とお母様とヴィオラと私。

手続きを終えると、四人で騎士団の詰め所から出る。

そして、外で待たせておいたクロの頭を撫でた。

お父様もお母様も、もう私を期待外れのニートを見るような目ではなくなっていた。

これなら、屋敷の中でこれ以上に快適に生活できるだろう。

「さぁ、みんな。屋敷に帰ろうか」

「ヴィオラもサティも本当に誇らしい娘よ」

「アンデルセン家の今後は私とお姉さまにお任せください！」

ヴィオラは胸を張って答えた。

この街の外門の近くに差し掛かった時、私はその外の何もない平原を見た。

きっと、ここが決断の時だと感じた。

このまま一緒に屋敷に帰れば、私は今まで以上の居心地の良さからまた動かなくなるだろう。

そして、私はハデスの言葉を頭の中で反芻《はんすう》する。

ヒロインたちはみな、〝努力〟していた。

困難に立ち向かっていた。

そうやって、自分たちの……真実の愛を見つけた。

ならば、もうこの際だ。

せっかくこんなに素敵な異世界転生にしてくれたんだもの。

私もなってやろう、この世界のヒロインって奴に。

そのためには——

「クロ！」

「ワン！」

クロを呼んで、私は高らかに宣言した。

「お父様、お母様、そしてヴィオラ。私、ちょっと家出をさせてもらうわ！」

突然の奇行に私の家族はみんなたじろいだ。

「えっ、そんな！　お姉さま！」

「サ、サティ、今まで悪かった！　だから、一緒に屋敷に帰ろう！」

「ええ、本当にごめんなさい。これから一緒にやり直しましょ！」

「シャラップ！　今更遅いわ！　見てなさい！　私は外でカッコ良い王子様でも見つけて結婚してやるわ！　だから、心配ご無用よ！」

きっと、これくらいの別れが私にとっては丁度良いだろう。

そして、私はクロの背中に飛び乗る。

「みんな、それじゃあね！　ヴィオラ、あんたも良い男見つけなさいよ！」

最後にそれだけ言うと、家族と別れて颯爽《さっそう》と門を出て西へと駆けていく。

（きっともうアンデルセン家は大丈夫。あとは私が幸せになるだけね！）

草原を駆けるクロの背でそんな事を思いながら、私はもふもふとした毛並みと肌を撫でる優しい風を感じていた。

～平穏に暮らしたいのに、周りがそうさせてくれません～

成長率100倍チートの転生幼女

第3話　王子様との出会い

クロの背中に乗って、ひたすら西へと駆けていく。

草原には魔物もいるけれど、クロを見たらみんな逃げていくので快適だ。

もちろん、私がそのまま走った方が速いんだろうけど……。

『ターボババァならぬターボ幼女現る！』とかいう噂《うわさ》にでもなったら大変だ。

これから真実の愛を探すのに、悪評を広めてどうする。

それに、クロの背中に乗せてもらう方が気持ち良いしね。

ここは異世界で、正直私は地理など分かっていない。

しかし、私が住んでたセルナーデ王国でも交易があるし人の出入りもある。

つまり、国から真っすぐと延びる馬車道があるのだ。

街道と呼べるほどの整備はされていないものの、私が住んでいた国との交易がある場所に繋《つな》がっているはず。

私が思った通り、道をたどっていくといくつかの小さな村に着いた。

とはいえ、まだまだクロは走れそうなので滞在はせずにそのまま先に進んでいく。

街とは呼べないような村々は、大体農業をしてその生産物を各国に出荷したり、畜産業で生計を立てているようだった。

真実の愛がどこにあるのかは分からないけれど、やっぱり人や特に若者が多い場所に行かないとね。

概《おおむ》ね西の方向に馬車道をたどっていくと、やがて街道が整備され始める。

途中、少し休んだりしながら出発から五時間。

やがて、城砦《じょうさい》に囲まれた街が見えてきた。

「クロ、お城が見える！　きっと外国だよ！　初めて見た！　行ってみよう！」

「ワン！」

そうして、クロに乗ったまま見つけた街の前まで来た。

私が住んでたセルナーデ王国の街ほどの大きさはなさそうだけど、馬車が行き交い、活気溢《あふ》れる様子がこちらまで伝わってくる。

城砦の門も開いたままなので、馬車や人の流れに紛れて簡単に入れてもらえそうだ。

「あっ、クロはどうしよっか……このままじゃ流石《さすが》に入れないし……」

大きな狼《おおかみ》であるクロを見ながら私がそう言うと、クロは体中から黒いオーラを出す。

そして、そのオーラが霧散していくと、身体《からだ》がシュルシュルと小さくなっていった。

「おぉ、凄《すご》い！　身体、小さくできるんだ！」

弱っている時も小さかったから、いわゆる省エネモードみたいな感じなのだろうか。

そして、地獄の番犬なだけあって纏《まと》っているオーラが邪悪だ。

クロはさらにみるみる小さくなっていき、私の手に収まるサイズにまでなってしまった。

「キュー！」

「か、可愛《かわい》いすぎる……」

あれだけカッコ良かった狼も流石に手のりサイズになると可愛さの破壊力が高い。

私は軽く頬ずりさせてもらうと、クロを胸ポケットに収納した。

そして、そのまま歩いて街の中へ。

「これが外国……だよね？」

ひとまず城下町はある程度の活気に溢れていて、笑っている人も居れば何だか難しい顔で歩いている人も居た。

子供たちは走り回って遊んでいて、私を見て「見ない子だねー」やら「どこの子ー？」やらと質問攻めをしてくる。

（セルナーデ王国とあまり変わらないわね、平和な国だわ）

そんな風に思いながら、私はホッと安心する。

適当にあしらって街を歩いていると、素敵な雑貨のお店を見つけた。

思わず立ち寄ると、綺麗《きれい》な工芸品やアクセサリーなどが売っていた。

「いらっしゃい、お嬢ちゃん。欲しい物はあったかい？」

「どれも素敵ね！　迷っちゃう！」

店主の優しそうなおじいさんと話しながら私は店内を見て回る。

そして、クロによく似た小さい人形を見つけて、「これだ！」と思った時にまた気がついた。

（そういえば私……また一文無しで来ちゃってるじゃん……）

家族に別れを告げて、颯爽《さっそう》と飛び出してきてしまったので、お金の事なんて考えてなかった。

これって結構まずいのでは……？

今日宿屋に泊まれるお金もない……いきなりの野宿?

(どうしよう……家出してきた手前、今から屋敷に戻って「お金だけ頂いても良いですか?」なんて言えるわけもないし……)

また、大型の魔物でも街に突っ込んでこないかな?

そうすれば、私はまた救世主として色々と良くしてもらえるし、宿にも泊めてもらえると思うんだけど……。

いや、そんな事をしたらもう私の花婿候補は消え去ってしまうか……。

頭を悩ませながら店を出ると、街の中心地で何やら鎧《よろい》を着た兵士が太鼓を叩《たた》きながら大声を上げた。

「ただいまより、ファリア王国の国王ご子息! テナン王子の演説である! 皆、城前広場に集まるように!」

凄い大きな声~! なんて感心していると、街中のお店が閉まってみんなお城の方へと向かって移動をし始めた。

どうやら全員聞きに行くらしい。

それだけ人望があるのだろうか。

それとも、何か重大なお話を聞かされる前触れでもあるのだろうか?

私はこの国の人じゃないんだけど……なんて思いつつ、一人だけ街に残るのも居心地が悪いので周囲に倣って城前広場へと行く。

「うわぁ、凄い人の数……」

広場はこの国の国民で溢れかえっているようだった。

私は人混みに呑《の》み込まれながら、周囲の会話を盗み聞く。

「ついにこのファリア王国も戦争か……」

「いや、きっとテナン王子が何とかしてくれるさ！」

「何とかってなんだよ？　こんな小国に勝ち目はねぇだろ」

「だから、和平とか……無理か」

なんか物騒な話をしている。

この国の名前はファリア王国というらしい。

私は人々の脚の隙間を縫って演説が行われるという城前の前列へ。

すると、やがて二〇歳そこそこの金髪の美男子が現れた。

私は思わず、興奮しながら隣のおじさんに尋ねる。

「ねぇねぇ、あの素敵な殿方は誰⁉」

おじさんは私を見て、何やら微笑《ほほえ》ましい表情で答えてくれた。

「あれはこの国の代表、テナン王子だよ。大したルックスだろう？　それだけじゃない、いつも国民やこの国の事を大切に想《おも》ってくれているんだ」

「あら素敵！　心までイケメンなのね！」

もしかしたら、私の呪いを解いてくれる真実の愛のお相手は彼なのかもしれない。

いや、きっとそうだ。

そうに決まっている。

そうであれ。

なんて思っていると、そのイケメン――テナン王子による演説が始まった。

王子は憂《うれ》いを帯びた表情で語り出す。

「……親愛なるファリア王国の国民のみんな、急な呼びかけにもかかわらずこのように集まっていただき、大変感謝している。本題だが、我がファリア王国は隣国であるデルボア帝国による侵略を受けている。和平も受け入れてもらえず、このままでは全面戦争は避けられない……」

テナン王子の演説内容に、街民たちは落胆の声を上げた。

「デルボア帝国による侵略は非常に一方的なモノだ。我が国は武力では敵《かな》わないものの、このままやすやすと国を明け渡すつもりもない……！」

テナン王子は長剣を持って民衆の前に掲げた。

「これは、このファリア王国の王子としての責務だ！　俺はこの国に残ってデルボア帝国を迎え撃つ！　逃げたい者はその間に逃げてくれ！　ひたすら東に行けばセルナーデ王国がある！　そして、残ってくれる者は……俺と一緒に最後まで戦おう！」

テナン王子の演説に数人の勇気ある若者が声を上げる。

しかし、国民の大多数は当然この国から去るつもりみたいだ。

セルナーデ王国は私が出てきた国だ。

受け入れてくれるかは別として、戦火に巻き込まれるくらいなら逃げた方が良いだろう。

今の演説を聞いていれば、勝ち目のない戦いであることは明らかなようだった。

――しかし、私にとって大事なのはそこじゃない。

演説を終え、覚悟を決めた様子の凛々《りり》しいテナン王子の横顔が脳に焼き付いている。

私はさっきテナン王子について教えてくれたおじさんに再び話しかけた。

「すっごいカッコ良かったわ！　この国の王子として負け戦にも挑む気高さ！　そして、国民を巻き込まない優しさと、カリスマ！　あれこそ、王子様ね！」

「あはは、お嬢ちゃんは能天気で良いね……俺たちは今、国が侵略されるって話を聞かされたんだが……」

「それは残念ね……どうしてデルボア帝国はファリア王国を侵略しようとしているの？」

「デルボア帝国は皇帝サンジェルによる独裁政治が敷かれているんだが、とにかく軍備を拡大して他国を襲い、隷属化することで領土を大きくしているんだ。今のデルボア帝国も、サンジェルが即位するまでは良い国だったんだよ……」

「『国を乗っ取る』なんて……酷《ひど》い事をするものねぇ……」

私は、話を聞くと街の中心地に戻った。

「さて、テナン王子にアプローチするのは当然として……まずは私がこの国で生活する為のお金が必要よね――……」

無一文の私は考える。

必要なのは仕事……お金だ。

やってはいけないことは、私の『成長率一〇〇倍チート』を見世物にして人々からお金を集めたりすることだ。

怪力を利用して荷運びの仕事などもしてはいけない。

もし、それが噂となって、テナン王子の耳にまで届いてしまったりでもしたら……。

「すまない、俺が相手にできるのはお姫様のような淑女だけなんだ……ゴリラじゃない……」

と物憂げな表情で言われるに決まっている。

誰がゴリラよ！　誰が！

自分の妄想に勝手にキレつつ、私は街中のお店を回ることにした。

まずはさっきの雑貨屋さんだ。

外観はクラシックな木製のドアと可愛らしい看板で飾られており、窓には手書きのエレガントな文字で店名『エルバーク』という店名が書かれている。

ガラス越しに見える店内には、柔らかな光が差し込み、温かみのある雰囲気が漂っている。

うん、私にぴったりな職場ね！

私は店に入り、荷造りをしている先ほどの優しそうなおじいさんに話しかける。

「おじいさん！　私をここで働かせてくれませんか？」

おじいさんは私を見ると、少し驚いた後に優しい表情で微笑んだ。

「お嬢ちゃん、どうしたんだい？」

「私、仕事を探しているの！」

「そうかい、でも残念ながらお嬢ちゃんみたいな小さい子はこの国では働かせられないんだよ」

「えぇ⁉　いや、でも私はこう見えても一四歳よ！　十分働ける年齢のはずだわ！」

「そ、そうかい……それは失礼したね。でも、そもそもこの国はもう数日でデルボア帝国に侵略されてしまうから、ほとんどのお店はもうこの国から出て行く準備をしているよ。私もその一人だ、だからお店は今日で終わりなんだ。ごめんね」

「え〜⁉」

「お金に困っているなら、少し融通してあげようか？」

「い、いえ！　大丈夫よ！　おじいさんは荷造り頑張って！」

私は、ため息と共に店を出た。

流石に今から戦火を逃れようとしているおじいさんからお金は受け取れない。

「はぁ〜、残念ではあったけど良いおじいさんだったわね……」

仕方が無いので、別の仕事を探す。

しかし、おじいさんの言う通りどこのお店ももう閉店するための準備をしていた。

みんな、この国から逃げ出す為に必死なのだろう。

しかし、お金が無い私も必死である。

いくつものお店に「ここで働かせてくださいっ！」と両親をブタにでも変えられてそうな気迫でお願いしたがダメだった。

最初に「お父さんとお母さんは?」次に「ごめんね、もう店を閉めるから」最後に「飴《あめ》をあげよう」である。

強い口調で追い返されるようなことが無いのが、この国に住む人たちの人柄の良さを表しているが、心の温かみで腹は膨れない。

――そうして、時間はついに夕暮れ。

いよいよ路上で眠る覚悟を決めた私は、街の一角で膝を抱えてうずくまった。

貰《もら》った飴玉《あめだま》なんかじゃ腹は膨れない。

「うぅ、ひもじいよう……」

ポケットに入っているクロも「くぅ～ん」と鳴いて私を励ましてくれているようだった。

しょうがない、こうなったらクロを大型犬くらいのサイズにして身を寄せて寝るしか……。

そんな時、二〇歳くらいの赤いエプロン姿の女の子が私を見て声をかける。

「君、どうしたの? こんなところで一人で……」

綺麗な黒髪の彼女にやはり幼女扱いされてしまったので、私は言い返そうとした。

れっきとした一四歳の淑女だ!って。

しかし、すぐに考えを改める。

もうプライドなんて気にしている場合じゃない。

こうなったらもう、幼女として彼女に保護してもらうしかない。

「あの……家出してきたんです。それで、住む場所がなくて……」

赤いエプロン姿の女の子はそれを聞いて、目を見開く。

「えぇ⁉　ひ、ひとまずウチに来て！　この国は比較的安全だけど、路地裏で寝るのはマズいから！」

そう言って、私の手を引く。

夜逃げするために準備をする人々が動き回っている夜の街を抜けて、私は街の外れにある小さな一軒家に連れれて来てもらった。

赤いエプロンの女の子は屈《かが》んで私に目線を合わせてくれると、優しく微笑みかけた。

「今日はウチに泊まって。大丈夫、部屋もあるわ」

「えっ、良いの？」

「うん、丁度私も一人で寂しかったし。お腹《なか》は空《す》いてる？」

彼女の問いかけに、私のお腹がぐぅ～と鳴った。

「うふふ、良い返事ね。私の名前はマーサ、貴方《あなた》の名前は？」

「サティ……サンタテレサだから、縮めてサティ」

「あら、貴族様みたいな素敵なお名前ね。今ご飯を作るから待っててね」

マーサはそう言って私を椅子に座らせてくれると、キッチンに立つ。

長い髪をリボンで縛ると、包丁を手に取った。

手慣れた様子で食材を切り、パンを焼いて、鍋をかまどの火にかけた。

切り終えた食材を煮立った鍋に入れて、調味料を入れていく。

やがて、鍋の中身は白く濁ってトロみを帯びてきて、とても良い香りが部屋全体に広がった。

「マーサ、ありがとう。困ってる私に声をかけてくれたのはマーサだけだった」

「ここの国の人たちも本当はみんなとっても優しいのよ？　ただ、今朝の演説を聞いてみんな心に余裕が無くなってるだけ」

「戦争……だよね」

「うん、だから貴方も今日は一泊して明日には自分の家に戻った方が良いよ。ご家族はきっと待ってる」

マーサはそう言って、出来上がった料理をテーブルに並べていく。

シチューのようなスープに、パンに、サラダだ。

ここに着いてから飴玉しか食べられてなかった私は思わず涙を流しそうになる。

「お待ちどうさま。さ、遠慮なく食べて」

「い、いただきますっ！」

私は恐る恐る、スープをスプーンですくって口の中へと流し込む。

暖かいスープのうま味が体中に染み渡るような感覚だった。

「美味《おい》しい！　すっごく美味しいよ！」

「うふふ、良かった。ゆっくりと食べてね」

「マーサは料理が上手なんだね」

私がそう言うと、マーサは少し背筋を伸ばす。

「今日から一人暮らしだから、料理も上手に作れないと困っちゃうわ」

「一人……？　マーサの両親は？」

「二人とも、さっきこの国を出て行っちゃった。というか、私が追い出したようなモノなんだけど」

「マーサは出て行かないの？」

　私の問いかけに、マーサはため息を吐《つ》く。

「そうよね、戦争で負けることが分かっているのに出て行かないなんて本当に馬鹿げているわ。だから私も出ていくつもりよ」

「じゃあ、どうして両親と一緒に出て行かなかったの？」

「……この国をまだ出て行こうとしない幼馴染《おさななじみ》の馬鹿がいるのよ。私はそいつを説得できるまでは出て行かないつもり」

「……もしかして、それって男の子？」

「うん、その通りよ。私の片思いだけどね……この国で最後まで戦うつもりらしいわ」

「それって大変ね。生きるよりも名誉を選ぶのは男性として立派だと思うけれど……」

　私が気を使うつもりでそう言うと、マーサは首を横に振る。

「立派である必要なんてないわよ。私には、どうあっても生きてほしいの。あの馬鹿には。それに、アイツはそんなに強くないのよ……」

　マーサのそんな話を聞きながら、私は料理を半分ほど食べたところでスプーンを置いた。

「あら？　もう御馳走様《ごちそうさま》？　全部食べて良いのよ？」

「あの、マーサ。ちょっと待っててね」

私は一度家の外に出ると、ポケットからクロを出した。

「私と初めて会った時くらいのサイズになって」

私がそう言うと、クロはミニチュアサイズから子犬のサイズに。

そして、私はそのクロを抱えて再びマーサの家に入る。

私はクロを抱えたまま申し訳ない気持ちでマーサに尋ねる。

「マーサ、せっかく頂いた料理だけど、私の残りは友達のクロにも食べさせて良い？」

マーサは私が子犬を連れてきたことに少し驚くと、すぐに微笑んだ。

「食材はまだあるわ。その子の分のご飯も作るから、サティは自分の分を食べちゃって大丈夫よ」

「マーサ、ありがとう！」

マーサは再びキッチンで野菜を切り始める。

マーサは本当に優しくて良い子だ。

そう考えると、マーサが片思いしている相手に腹が立ってきた。

こんなに優しいマーサの気持ちを踏みにじるなんて！

マーサが作ってくれたケルベロス用のご飯を食べさせながら、私はそんな事を考える。

マーサの相手がどこの誰かは知らないけれど、ひとまず私の興味の対象はテナン王子だ。

まさか戦争なんてモノが始まるなんて思わなかったけど……。

とりあえず、明日は直接お城に出向いてテナン王子の様子を見てみるつもりだ。

私と真実の愛を育める相手なのかどうか……。

あの社畜神も「その姿でドンドンアプローチしろ」みたいなこと言ってたしね。

ご飯を食べ終わると、私はせめてもの手伝いとしてお皿を洗う。

身長が足りなくて小さな台を用意してもらったけれど、私の誠意は伝わったはずだ。

その間にマーサはお風呂の用意をしてくれた。

屋敷のお風呂に比べるととても小さいけれど、マーサが一緒にお風呂に入って身体も洗ってくれたので、屋敷で一人で入っている時よりずっと幸せな気持ちだった。

マーサは慣れた様子でクロの身体も洗ってくれた。

洗い終わると、クロは濡《ぬ》れた身体をブルブルと震わせる。

それが私とマーサを再びビショビショにして、思わず二人で笑った。

これ以上ないくらいのご厚意を受けて、私はマーサの両親の部屋の一室で寝かせてもらった。

クロも、私の足元で丸まって眠っていた。

◇◇◇

――翌朝。

私は焼けたパンの良い香りで目を覚ます。

ケルベロスと一緒にキッチンに行くと、マーサが朝食を作ってくれていた。

「おはよう、マーサ！」

「おはよう、サティ。それとクロも！」

「ワン！」

クロは元気よく吠《ほ》える。

テーブルに並べられたトーストとジャガイモのサラダ。

そして、野菜のスープを二人で囲むと手を合わせる。

「いただきます！」

「いただきます。ほら、こっちはクロの分よ」

「ワン！」

そして、クロにもパンと野菜が与えられる。

クロは大きな狼の姿が真の姿だと思うんだけど、こんな量で足りるのかしら……。

なんて思ったけど、そもそもクロは冥界の番犬。

食事自体必要としているのかが今更怪しくなってきた。

朝ごはんを食べながら、マーサは私に言う。

「今日、ご両親とこの国を出ていった方が良いわ。多分、デルボア帝国はあと数日で攻めてくると思う」

「マーサはやっぱりまだファリア王国に残るの？」

私が尋ねると、マーサはため息を吐く。

「……うん、やっぱり私はアイツを放ってはおけない、何とか説得してみせるわ」

「マーサが片思いしてる相手ね。上手《うま》くいくと良いね」

「ありがとう。サティとクロも気を付けて。あ、あとこれ」

マーサはそう言うと、私に小さな袋を持たせた。

「少ないけれどお金が入ってるから、セルナーデ王国までは馬車が運んでくれるはずよ。最悪、あなた一人だけでも逃げてね」

「お金まで……良いの？」

「もちろん！　サティ、クロ。気を付けて帰るのよ」

「うん！　マーサも絶対に死なないで！」

私は、マーサに何度も感謝をして家を出た。

本当に良い子だ。

街の中心地に戻ると、昨日の活気が嘘《うそ》のように人が少なくなっていた。

昨日の夜のうちにほとんどの人は出て行ってしまったのだろう。

(本当に戦争って馬鹿馬鹿しいわね……)

そんな事を思いながら、私は再びクロを小さくしてポケットに入れる。

私もテナン王子にアプローチをして、何とか一緒にこの国を出るように説得しないと……。

マーサの家でできるだけ服の汚れを落とした私は、意気揚々とテナン王子のいる王城へと向かう。

「――こんにちは、テナン王子に会いに来ました」

お城の門番二人に満面の笑みで挨拶《あいさつ》すると、二人は笑った。

「お嬢ちゃん、残念だけどテナン王子は今忙しいんだ」

「えー、どうして?」

「あー、子供には昨日の演説はまだ早かったかな……隣のデルボア帝国が侵略戦争を仕掛けようとしているって言ったろ?」

「迎え撃つ為に、テナン王子は最前線で指揮を執らなくちゃならないんだ」

「だから、ここは通せない。お嬢ちゃんもパパやママと一緒に逃げる準備をしてきな」

「テナン王子も貴方たちも一緒に逃げれば良いじゃない」

無垢《むく》な子供を装ってそう言うと、兵士たちは真剣な表情で言った。

「このお城は……国は……今は亡きテナン王子のご両親が必死に築き上げてきたものなんだ」

「テナン王子も、この国に残る勇敢な兵士たちもそのことを知っているから簡単に明け渡すことなんてできないんだよ」

「でも、貴方たちが亡くなったら悲しむ人たちもいるわ」

「……お嬢ちゃん、悪いけどこれは『生き方』の問題だ」

「そうだ、お嬢ちゃんにはまだ難しい。さ、パパとママと一緒にこの国を出るんだ」

そう言って、また追い返されてしまった。

もちろん、私の力があれば正面突破なんてたやすいんだけど……。

そんなことをしたらすぐにテナン王子に気がつかれてしまうし。

最悪、敵襲だなんて思われてしまう。

くそっ、たかだか戦争なんかで私の恋路が邪魔されるなんて……。

考えた私は――。

王城に忍び込むことにした。

足音を忍ばせ、私は城壁の近くまで駆け寄ると、素早くその表面に手をかけた。

冷たい石の感触が手に伝わり、軽く身を沈めて跳び上がる。

私の身体は弾《はじ》かれたように壁を駆け上がり、あっという間に半分ほど登っていた。

成長率一〇〇倍チートの恩恵である強靭《きょうじん》な指先で微《かす》かな石の隙間を掴《つか》みながら、音もなく壁の上にたどり着くと、巡回中の兵士が足音を響かせて通り過ぎるのを待つ。

(今だ……!)

兵士の背中が見えなくなった瞬間、私は音もなく身を屈め、壁を伝いながら素早く移動を始めた。

耳を澄まし、兵士たちの動きを見極めながら、私は影のように忍び寄る。

壁を越えると、見張り台と兵舎の間にある庭園が目に入る。

地上は広く見通しが良いため、見つかるリスクが高いが、私は迷いなく動いた。

目指すは、庭の隅にある木の茂み。

私はその茂みに身を滑らせ、息を殺しながら次の兵士が通り過ぎるのを待つ。

(さて、ここからそろそろ城内に入りたいんだけど……窓が少ないわね)

入り口が無いなら、作れば良いじゃない!

そんな風に思った私は目の前の壁に手を当てる。

やり方は簡単、壁を素手で抉《えぐ》って中に入るだけだ。

私は周囲を見回して誰も居ないことをもう一度確認する。

まずは、指で壁に穴を開けて中の様子を覗《のぞ》き見た。

運よく、人が居ない倉庫のようだったので私は自分が通れるくらいの小さな穴を開けて中に侵入した。

そこから私は、テナン王子の自室に向けて、本格的なスニーキングミッションを開始した。

人が来たら壺《つぼ》の中に隠れたり、背後を取って音を立てないように歩いたり。

しかし、廊下で前方から二人の兵士が走ってやってきた。

私はとっさに、クロを元の大きさにして剝製のフリをさせて後ろに隠れる。

（クロ！　貴方は置物よ！　頑張って！）

私が廊下側から見て、クロの反対側に張り付いていると二人の兵士のウチの片方が目の前で足を止める。

「おい、ここにこんな狼の剝製なんてあったか？」

「はぁ？　今はそんなことより戦争の準備だろ」

「……それもそうだな。すまん」

セーフ。

戦争前で慌ただしかったのが幸いした。

そんな調子で幾度となく冷や汗をかきながら私は城内を進む。

同時に、テナン王子の部屋の場所も兵士や使用人たちの会話から割り出して、私はついに、テナン王子の部屋の前にたどり着いた。

いきなり知らない人が来たら驚くかもしれないけれど……まぁ、何にせよキッカケが無いと何も始まらないし。

会う手段が不法侵入《これ》しかなかったわけだから仕方がない。

私がテナン王子と真実の愛を育むために必要な事……それは。

何とか説得して一緒にこの国から逃げることだ。

そうして、セルナーデ王国まで戻ればアンデルセン家の庇護《ひご》も受けられるだろうしその恩を売れば――ゲフンゲフンッ！

ごく自然に私とテナン王子は結ばれるはずだ。

（よし……いざ――）

「――馬鹿なことはやめてっ！」

私が部屋の扉をノックする前に、テナン王子の部屋の中から女の子の声がした。

どこか、聞き覚えのあるような……。

窓の方から声が漏れてきていたので、恐らくバルコニーの方だ。

気になった私は様子を窺う為に窓から飛び出して自身の握力で壁を伝って様子を見に行く。

完全に某クモ男だが、赤い全身タイツは着ていないので目立たないはずだ。

すると、バルコニーではテナン王子と同い年位の女の子が涙を流しながら身体を震わせていた。

(あれって……！)

見覚えのある、長くて綺麗な黒い髪。

間違いない、マーサだった。

そして、感情を爆発させるようにテナン王子を怒鳴りつけている。

「こんなことに命を散らすなんて、馬鹿げてるわ！」

「馬鹿げてるだなんて言うのはやめるんだ。俺だけじゃない、みんなこの国の為に――」

「だからって死ぬ必要はないでしょ！　こんな勝ち目のない一方的な侵略戦争……」

「マーサ。俺はこの国の王子なんだ。逃げるわけにはいかない、何度も言っているだろう？」

(うそっ⁉　マーサが片思いしてる相手ってテナン王子だったの⁉)

私は虫のように城壁に張り付いたまま、二人の言い争いを聞く。

「マーサ……早くこの国から逃げてくれ。危険なのは分かっているだろう」

「嫌よ！　貴方が逃げないのなら、私も逃げないわ！」

「俺は王子で、君は国民だ！　君には何の責務もない！　俺がどうなっても、君には何も関係ないだろう！」

「か、関係ないことはないわ！　だって、幼馴染だもの！　幼い頃から何度もこうやって来て、一緒に遊んだでしょ⁉」

マーサの言葉を聞いて、テナン王子は下唇を噛《か》む。

「マーサ、俺たちはもう子供じゃないんだ。お互い、自分たちの道を進むべきだ」

「で、でも……私はテナンには生きてほしくて……」

テナン王子は大きく息を吸い込んで、吐き出した。

「俺は……マーサ。君の事が嫌いだ、大嫌いだ。早く国を出て行ってほしい」

「――っ！」

そう言われた瞬間、マーサの大きな瞳から静かに涙が流れた。

テナン王子はゆっくりと背を向ける。

「もう来ないでくれ……」

「………」

マーサはバルコニーを飛び出し、中庭の生け垣の隙間から城の外へと出て行った。

（どうやって入ったのかと思ったけど、あんな所に抜け道があったのね……）

その直後、テナン王子の部屋の扉がノックされた。

テナン王子は軽く咳《せき》ばらいをして扉を開く。

初老の使用人がテナン王子の部屋の中に入り、ペコリと頭を下げた。

私はもう少し近づいて耳を澄ませる。

「王子、大丈夫ですか？　何やら顔色が優れませんが……」

「問題ない、何の用だ？」

「倉庫に小さな穴が開いているのを先ほど見回りの兵士が発見いたしまして、様子を見に来まし

た。……こちらはお変わりありませんか？」

「あぁ、何ともない。穴はどれくらいの大きさなんだ？」

「とても小さい子供くらいなら通り抜けられるような大きさです、大人は到底無理でしょう」

「であれば、侵入の線は薄いな。倉庫の壁は古くなっていたから、単なる経年劣化だろう」

「承知しました。とはいえ、これから戦争が始まろうという厳戒態勢です。一度中庭なども含めて侵入口が無いか調べた方が――」

「な、中庭は大丈夫だ！　僕が今朝調べておいた。人が侵入できるような場所はないよ」

「左様でございますか。承知しました」

初老の使用人は頭を下げると去って行った。

テナン王子は頬に一筋の汗を伝わせて安堵《あんど》のため息を吐く。

どうやら、マーサはこうやって秘密の侵入口を利用してテナン王子と会っているらしい。

幼馴染と言っていたし、昔からこうしているのだろう。

（マーサは「片思いだ」って言ってたし、確かにテナン王子もマーサにはかなり冷たかったわね……）

でも、「大嫌い」だなんて言われるのは可哀《かわい》そう……。

しかし、恋愛は弱肉強食。

マーサの想い人を狙うのは気が引けるけど……。

真実の愛とやらを育んで、私のこの忌まわしき呪いを解呪するためだ、仕方がない。

それに、マーサもきっと時間が経《た》てば気持ちの整理をつけられるはずだ。

なんて、一度も恋なんてしたことのない私は勝手に考える。

まぁ、前世で三〇年は生きてたし、恋愛ドラマとかの知識はあるから多分そんなモノよ。

それにしても、マーサが使っていた秘密の出入り口は私にとっても利用できる手段だ。

私は張り付いていた壁から離れると、マーサと同じように中庭からテラスに移った。

そして、テナン王子に話しかける。

「こんばんは、テナン王子」

私はカーテシーをしながら、丁寧に挨拶をする。

私も一応貴族の出ではあるので、幼少期に習ったこれは覚えている。

私の挨拶を聞いて振り返ったテナン王子は目を見開いた。

「君は……？　一体、どうやってここに……」

「先ほど、外の道を歩いていたら女の子が生け垣から出てきましたの。それを見て、私も同じようにそこを通ってきましたわ」

これで、私がここにいる理由は説明できた。

扉から入ったら流石に「迷い込んだ」なんて嘘は厳しかったので、渡りに船だ。

倉庫の壁を壊しちゃったのはごめんなさい。

テナン王子はため息を吐く。

「全く、マーサめ。他の人に見られるなんて……僕にああ言われて、そんなに動揺してたのか。悪いが、来た道を戻って帰ってくれるか？　このことは内密にしてほしい」

私は真剣な瞳で、テナン王子を見つめる。

「テナン王子、これからデルボア帝国との戦争が始まります。とても勝ち目がない戦いだと聞きました」

「……君みたいな小さい子にまで苦労をかけてすまない。君も、ご両親と一緒にこの国から逃げるんだ」

「テナン王子はどうしてもお逃げにならないのですか？　東にあるセルナーデ王国は豊かな国です。生活の保障まではされないでしょうが、ひとまず、国は明け渡してここにいる全員でその場所に逃げた方が良いと思います」

「……まいったな。俺はまた決意を試されるのか。どうやら、君は賢い子のようだね」

テナン王子はそう言うと、力強い瞳で私を見る。

「俺は戦う。この国を捨てて逃げることはできないんだ。それが、王子としての役割だからね。敵も俺の首を欲しがっている」

そう言って、私の頭を撫《な》でる。

それじゃダメなのだ。

このままじゃ、私の目的も果たせないし、マーサも悲しむことになる。

とはいえ、彼を説得するのも難しそうだ。

私は悩んだ末に一つの決意をする。

どちらにせよ、このままでは私に真実の愛は手に入らないのだ。

「……テナン王子、初対面の私にこんな事を言われても戸惑うかもしれませんが……」

初めての事なので、私は少し緊張する。

そして、テナン王子の瞳をじっと見つめてそれを口にした。

「貴方の事が好きです。私と一緒に逃げてください」

私の告白を受けると、テナン王子はとても驚いた表情をした。

私にとっては意外な反応だった。

てっきり、また子供の言う事だからと一笑に付されると思っていたから。

テナン王子は深く深く頭を下げる。

「申し訳ないが、君の気持ちには応えられない。俺には大事な使命があって、それを果たさなければならないんだ。こんな愚かな男に好意を寄せてくれたこと、大変感謝している」

初めて、私の事を一人の対等な女性として見て扱ってくれた。

やはり、テナン王子は他の人とは違う。

とても誠実で、不器用なくらいに真面目だ。

テナン王子は頭を上げると、私に微笑みかける。

「それと、君はまだまだ若いんだ。成長していけば、俺なんかよりもっと良い男との出会いが沢山《たくさん》あるさ」

まぁ、やっぱり子供扱いもされるよね。

でも、まずは真面目に私の告白を受け取ってくれたことが、私にはとても嬉《うれ》しかった。

「テナン王子は私のような子供との婚約は嫌……ですか？」

「というより、気が引けてしまうな。君の未来の可能性を狭めてしまうみたいで。だから、俺はどちらにしても断っていたと思う。ごめん」

「そうですか……。やはり……そうですよね」

真面目な分、私のような子供を自分のパートナーとして愛するなんて気持ちは起こらないだろう。

マーサと同じように、私も失恋してしまった。

「それでも、私は王子には生きてほしいです。逃げてほしいんです」

最後に、私は打算の無い自分の思いを伝える。

何にせよ、死んでほしくなんてない。

マーサもすごく悲しんじゃうだろうしね。

テナン王子は私の頭を撫でる。

「戦争で負けるだなんて、決まっているわけじゃないだろう？　兵力も武器の数も向こうの方が上だけど、頼れる仲間たちがいるし、俺だって騎士として研鑽《けんさん》を積んできた。今やベヒーモスだって退治できる」

そうか、ここは異世界。

現実とは違って、レベルもステータスもあるんだ。

ベヒーモスは図鑑で見たことがある、かなり凶暴で強いモンスターだ。

それを倒せるテナン王子もきっと強いのだろう。

「……俺は何だってやるよ。この国が国として存続する可能性があるなら」

私はそれ以上何も言えなかった。

テナン王子の覚悟は本物だ。

この問題に答えが出ないまま、私は踵《きびす》を返す。

ここから出る場所はさっきマーサが教えてくれた。

「テナン王子、貴方の決意は大変ご立派です。それでは、楽しい時間でしたわ」

「ありがとう、その抜け道は他の人には教えないでね」

「はい、お約束します。これは私たちの秘密ですね」

私とテナン王子はお互いに人差し指を口の前に立てて、ニッコリと笑い合う。

私は中庭から生け垣の中に身体を潜らせる。

マーサが何度も通っているからだろうか、何となく道のようになっていて通りやすかった。

城の外に出ると、城をぐるりと取り囲んでいる歩道の一角に出た。

周囲を見回して、誰にも見つからないタイミングで飛び出すと、私はため息を吐いた。

テナン王子の説得は無理だ。

戦争なんてなくても、多分テナン王子には断られていただろうし。

それにしても……あんなに素敵な殿方には死んでほしくないなぁ……。

そんな風に思いながら、私はテナン王子の言葉を思い返す。

『……それに、負けるだなんて決まっているわけじゃないだろう？』

トボトボと歩く足を止めて、私は閃《ひらめ》いた。

（そうだ、戦争なんて私一人じゃどうにもならないって思ってたけど……今の私なら普通に一国にも勝てるんじゃない？）

そうだ、多分問題なくイケる。

私の身体は鉄の剣も砂糖菓子のように破壊できるわけだし、魔法とか撃たれても……多分大丈夫でしょ。

そして、さらに妙案を思いついた。

そうだ、ある……！

私がテナン王子と結婚する方法が！

それも、責任感を持っていて誠実なテナン王子だからこそ確実に通用する手が！

私は急いで、ファリア王国の外へと駆けて行った。

「クロ！」

ファリア王国を出ると、私はポケットの中に呼びかける。

すると、クロが出て来て狼の大きさになった。

私はクロの背中に乗る。

「さぁ、行くわよ！　戦争を止めに！」

そして、ファリア王国からさらに西の隣国であるデルボア帝国へと向かった。

～平穏に
暮らしたいのに、
周りがそうさせて
くれません～

成長率100倍チートの転生幼女

第4話

戦争を止めよう（物理で）

――二時間後。

私は件《くだん》のデルボア帝国にたどり着いた。

クロには再び小さくなってもらって私のポケットの中へ。

デルボア帝国は確かに大きな国だった。

ファリア王国の三倍はありそうだ。

しかし、街に入ると一目でこの国の政治が上手《うま》くいっていないということが分かった。

街は荒れ果ててホームレスが街を徘徊《はいかい》している。

明らかに栄養不足の小さな子供たちが物乞いをして、目が虚《うつ》ろな女性が乳飲み子を抱いていた。

一方で柵の向こうに見える王城は豪華絢爛《ごうかけんらん》。

広々とした敷地には、手入れの行き届いた草花が幾何学模様を描き、鮮やかな色彩が一面を覆う。

中央には、大理石でできた壮麗な噴水がそびえ、きらめく水が幾重にも重なるアーチを描いている。

独裁政治だと聞いていたが、こんなに分かりやすく国民たちから搾取しているとは思わなかった。

まぁ、それよりも私がここに来た目的は一つだ。

私は街の真ん中を突っ切って、城門前にたどり着いた。

そこには、ガラの悪い二人の門番が居て、私に語りかけてくる。

「おいおい、ここはガキの来るところじゃねぇぞ？」

「へっへっへっ、だけどよく見りゃ高そうな服着てんじゃねぇか」

「服だけ置いてってもらおうか。ガキなら裸で帰ろうが恥ずかしくねぇだろ」

私はにっこりと笑う。

「この国、くださいな」

「――は？」

「――え？」

――ヒュッ
私は誰もが見逃してしまうほど速い手刀で門番二人を眠らせた。

「門の鍵は……ええい、もう面倒ね！」

私は門を力ずくで破壊すると、そのまま城の中の広場へ。

そこでは、城の兵士たちがファリア王国侵略の為に軍備を整えていて殺気立っていた。

どうやら、すでに侵略する準備ができていたらしい。

そんな場所に私は大胆不敵に歩いて行く。

やがて、何人かの兵士たちが私の存在に気がついて手を止めた。

そして、武器を持ったまま駆け寄ってくる。

「おい、お前！　一体どこから――」

「ふんっ！」

私は制止してきた大柄な兵士の腕を持って、王城の方へと投げ飛ばした。

兵士は悲鳴を上げながら、城の外壁に激突する。

そして、私は大声で要求を突き付けた。

「今すぐ降服して、戦争をやめなさい！　見返りとして、この国は私のモノにします！」

その様子に、周囲の兵士たちは静まり返る。

そして、ザワザワと話し出した。

「お、おい……あれただの子供じゃねぇぞ」

「ていうか、何も見返りになってねぇ。『何もかも奪う』って言ってんじゃねぇか」

「もしかして……〝魔族〟なんじゃねぇか？　だって、あんなパワーあり得ねぇだろ」

魔族という存在は知らないが、どうやら人型の強い魔物か何かだと思われたようだ。

まぁ、確かに私の力を見た上で人間だと判断する方が難しいのだろう。

私は立派な人間であり、淑女なのだけど……。

すると、兵士たちの奥に座っていた隊長らしき風格の兵士が軍剣を抜いて大声で指示を出した。

「ま、間違いない！　あの者は魔族だ！　魔法隊、撃て！　撃てー！」

「はっ！　承知いたしました！」

その指示と共に炎やら、雷やら、変な光線やらの大量の魔法が私に向けて撃たれた。

しかし、もちろんそんなモノはレベルが1あがり、ステータスが実質的にレベル100相当になっている私には効かない。

飛んできた魔法は全て素手で弾《はじ》き飛ばした。

私にとってはそよ風に等しい。

身体《からだ》で受けないようにしているのは、服が破れてしまわないようにしているだけだ。

「だ、ダメです！　魔法が効きません！　化け物です！」

「な、ならば突撃だ！　重装歩兵、行けー！」

「うぉぉぉー‼」

隊長風の兵士の指示によって、今度は槍《やり》や斧《おの》を持った豪傑な男たちが隊列を組んで私に向かって来る。

どうやら、まだ私との実力差が分かっていないらしい。

私はため息を吐《つ》いて呆《あき》れながら前進してゆく。

「オラー！」

「てぃっ！」

私は軽く小突いて斧を砕き、魔法を弾き、飛んでくる矢を指で掴《つか》んでは近くの壁に投げ刺してクロ似顔絵を作る余裕すらあった。

途中、突撃して来た兵士の斧を指で弾いたら、反射して奥にいる指揮してた隊長の兜《かぶと》を撃ちぬいてしまった。

ハゲ頭を晒《さら》して隊長は気絶し、混乱した兵士たちが私に次々と襲い掛かる。

「隊長がやられた！　なんてことだ……髪ごとごっそりと……」

「全員、突撃！　突撃ー！」

髪は私がやる前から再起不能だったんだけど……。

とにかく、私は淑女らしく笑顔を絶やさずに歩いて向かって行く。

「――魔族の首、取《と》った！」

途中、私の一瞬の隙をついて、兵士の一人が私の右目を槍で突いた。

その瞬間、槍の先端は潰《つぶ》れて私は何事もなかったかのように瞬《まばた》きをする。

「惜しかったね、君」

私はその槍を摑んで先端を粘土のように潰して丸っこくする。

こうすれば槍も物干し竿《ざお》だ。

そんな調子で城中にある全ての兵器を、武器を破壊していく。

（武器がなければ、もう戦争も起こせないわよね～）

そして私は、広場からデルボア帝国の王城内に向かって歩き出した。

「皇帝の元へと行かせるな！　止めろー！」

私の身体に縋《すが》るように兵士がまとわりついてくるが、私は全員を引きずって歩く。

私を捕らえようとして変な所を触った兵士はちゃんと軽いビンタで近くの壁に叩《たた》きつけて制裁を与えている。

誰も殺してはいない……はず。

彼らはあくまで兵士。

戦争を起こそうとしているのは独裁政治を敷いている皇帝だし、彼らは命令に従っているだけだ。

だから、彼らへのお仕置きはこれくらいにして、諸悪の根源を潰さないといけない。

（さてと、皇帝はどこかしら……）

「ねぇ、貴方《あなた》たちのクソ皇帝は一体どこ？」

私の脚に縋っている兵士たちに話しかけるが、全員鬼気迫る表情で声を上げる。

「お前ら絶対に言うな！　今、皇帝にこの緊急事態を知らせている！　何とか時間を稼ぐんだ！」

「おぉぉぉ〜！」

「……まぁ、良いわ。自分で捜すから」

私は王城内を歩きながら皇帝を捜す。

すると、クロが私のポケットから出てきて大きな狼《おおかみ》の姿になった。

私に張り付いている兵士たちはどよめく。

「ま、魔物かっ⁉」

「こんなに可愛《かわい》いのに魔物だなんて失礼ね。ただの地獄の門の番犬よ」

「じ、地獄の……⁉」

突然どうしたのだろうと思ったが、クロは鼻をスンスンと動かした。

そして、ついて来いとでも言うように「ワン！」と吠《ほ》える。

それから、クロの後をついていくと地下の一室にたどり着いた。

どうやら、ここに皇帝が居るとクロは言いたいらしい。

地獄の番犬だから、地獄に落ちる奴《やつ》の匂いは嗅ぎ取れるのだろうか。

「クロ、案内ありがとう。戻って良いよ」

「ワン！」

クロが怪我《けが》をしてしまうといけないので、私は再びクロをポケットに戻す。

扉を開くと、そこは鞭《むち》やら蠟燭やらが置かれた悪趣味な部屋だった。

若い女性たちに煽情《せんじょう》的な格好をさせて、ワイン片手に丸々と肥えた腹を出している男が一人。

一目で分かる、あのデブがお楽しみ中のデルボア帝国の皇帝、サンジェルとかいう奴だろう。

部屋に侵入してきた私を見て、サンジェルは動揺していた。

「――な、何が起こっている！　相手はたったの一人なんだろう⁉　どうしてここまで侵入を許した！」

「陛下、お逃げください！　コヤツは化け物です！　武器も全て破壊されました！」

「当然だ！　貴様らは命を賭して私を守れ！　私を逃がせ！」

思わず上に立つ者としての姿をテナン王子と比べてしまい、私は呆れ返って絶句する。

「本当に命を賭して、あんな皇帝を守る価値があると思うの？」

「…………」

私の問いかけに、私の脚を摑む兵士たちの手のいくつかから力が抜けた感じがした。

まぁ、仕方がないことだ。

どんなに愚かな先導者でも、力を持たれてしまったら逆らえない。

私は今からまさにその性質を利用させてもらうつもりなんだけど。

「こんばんは、サンジェル皇帝。今日は交渉をしに参りました」

私は兵士たちを何人も引きずって、サンジェル皇帝の前まで歩いて行く。

サンジェルは呑気《のんき》にこの地下部屋で遊んでいたのが間違いだった。

出入り口は私が入ってきた扉の一か所しかないらしい。

必然、逃げ場が無くなったサンジェルは私の姿に恐怖して尻もちをつく。

「ま、まさか……こんな子供が……？」

「交渉というのは他でもありません」

「ひっ⁉　な、なんだ？」

「この国をください。その代わり、貴方には私の言う通りに動いてもらいます」

「何も代わりになってないではないかっ！　交渉の意味を知っているか⁉」

私は少し考えて、皇帝の目の前で正拳突きをする。

拳を皇帝の目と鼻の先で止めると、風圧が周囲の蠟燭を消し、ベッドを損壊させた。

「これで交渉になりますか？」

「あ、あばば……」

私がにっこりと笑うと、皇帝は失禁したまま気絶した。

……こうして、私はデルボア帝国を手に入れた。

◇◇◇

「とりあえず、この城にある食料を全部国民たちに配って！　大至急！」

「は、はい！　新皇帝様！」

「皇帝はあのデブのままで良いわ。私をお姫様にして、全部の実権を握らせてくれれば」

「は、はい！　サティ姫様！」

デルボア帝国を手に入れた私は城の玉座に座って命令を出していた。

あの趣味の悪い地下部屋は全部撤去させて、扇情的な格好をしていた女性たちも解放した。

聞けば奴隷として買われ、連れてこられたそうだ。

全く、武器や奴隷をなんかを買う余裕があるんだったら国民に食料を買えっての。

奪い合えば足りない、分け合えば余るという言葉を誰か教えてあげて、初等教育からやり直させるべきね。

戦争をしてはいけないなんて、馬鹿な私でも分かるのに。

私が気に入らない城を分解しているうちに、外から城門の開く音がする。

城の正面から私にこの帝国を明け渡したサンジェルが馬に乗って帰ってきたらしい。

私はこの国を乗っ取った際に、城の者たち全員にサンジェルの評判を聞いた。

サンジェルは、国の富や資源を自分や側近たちの利益のために独占していた。

国家の財政は、サンジェルの個人的な贅沢《ぜいたく》や派手な宮殿、軍事力の拡大に費やされる一方、国民の多くは貧困にあえいでいたというわけだ。

うーん、まさに思った通りのクズ皇帝。

兵士たちには『できるだけ辱めるように』とだけ指示しておいたんだけど……。

私は恐る恐る、窓の外に目を移す。

サンジェルはパンツ一丁で亀甲縛りにされた上で馬に乗せられ、「私は国民を苦しめた無能な皇帝です」という看板が首からぶら下げられていた。

「うわー、よくやるわねぇ……私じゃあそこまでは思いつかなかったかも」

国民たちからは石をぶつけられたのか、全身に殴打されたような痕が残っていた。

まさか、自分が痛めつけられる立場になるとは思っていなかっただろう。

城の中に帰ってくると、サンジェル皇帝は憔悴《しょうすい》しきった表情で馬から落ちた。

周囲の兵士や召し使いたちは手を貸すどころか、全員でサンジェルの頭や身体を踏みつける。

「陛下、申し訳ございません！　これもサティ姫様のご命令で……！」

「そうです！　私たち、逆らえないんです！　このっこのっ！」

「あぁ、身体が勝手に……。よくも、今まで散々私たちに酷《ひど》い事を……！」

「国民の怒りを！　これまでの苦しみを！　少しは味わえ！」

おぉ、みんな上手いこと私を利用して復讐《ふくしゅう》している。

やっぱり、国民たちだけにではなく兵士やメイドにも散々なことをしていたのだろう。

皇帝はうずくまりながら謝り続けるだけだ。

あまりの惨めさに私はつい手を差し出してしまいそうになるけれど……。

この城の誰もサンジェルの味方をしようとしないところを見ると、それだけのことをしてきた人間だということがよく分かる。

私が「殺しちゃダメだよ」ということを兵士やメイドたちに言ったところ、「はい！　殺すなんて生ぬるいですよね！」という元気な返事が返ってきたのでまぁ任せて大丈夫だろう。

ひとまず、城下町の国民たちへの食料の分配と住む場所の提供、赤ん坊の為のミルクや生理用品なども作らせて手配した。

馬鹿な私は国を運営することなんてできないので、城下町の人々から直接必要な物を聞いて与えていってるだけの脳筋運営なんだけど……。

一段落すると、私は玉座に座って隣にお利口な格好で座っているクロを撫《な》でる。

無一文だった私たちも、今やお城を手に入れてご飯にも困っていない。

クロも美味《おい》しいご飯を食べられて嬉《うれ》しそうだ。

すると、突然数名の兵士が私の前で膝をついた。

「サティ様……！　私は、このデルボア帝国の以前の皇帝に仕えていた者です。ですがとある日、サンジェル率いる蛮族に奪われ……従うより他に無く……」

そして、深々と頭を下げる。

「従うフリをしながら、私たちは兵士としてこの国を取り戻す機会を窺っていたのですが……サンジェルの暴走を止められませんでした」

「なるほど……そうだったのね。それで、サンジェルが連れてきた蛮族たちは？」

「当主を失い、そしてサティ姫様の圧倒的な力を前に完全に意気消沈しております！　サンジェル皇帝への扱いを見て、今は血の気が引いている頃かと！」

「そう、じゃあもうこんな事にならないように貴方達たちがこの城を守りなさい。私はその辺、特に関与はしないから」

「はい！　サティ様、侵略者を成敗していただき本当にありがとうございます！」

「いや、私もやってることは変わらないから。武力で乗っ取っただけだもの」

「ふふっ、確かにそうですね。侵略していただき、ありがとうございます」

それからも、兵士や使用人、そして国民たちも次々と私の元に人が来て感謝の意を述べる。

正直、この国を平和にすることは私にとってはついでの目的だったのだが、こうして感謝されると気分も悪くない。

やっぱり世界はラブ&ピースね。

私は、その為なら暴力も辞さない考えだけど。

うん……矛盾してるわね。

一段落つくと、私は玉座で大きく、伸びをした。

（さて……これで準備が整ったわね……）

私は玉座の上で邪悪な笑みを浮かべる。

（私の……真実の愛を掴む為の準備が！）

そう、私がこの国を乗っ取った理由。

戦争を止めただとか、国民を圧政から救っただとか、私はそんな正義の為に動く立派な人間じゃない。

そう、これらはあくまでついでだ。

全ては……私の真実の愛の為だ！

（さてと……計画を実行に移しますか……）

デルボア帝国を実質的に乗っ取った私は、早速ファリア王国に和平の申し出を出させた。

内容はこうだ。

『ファリア王国のテナン王子と我が国の姫、サンタテレサとの婚約をもって、和平とする』

そう、政略結婚——それが私の狙いだ。

これならひとまず、テナン王子は私と婚約してくれるだろう。

それと、いきなり皇帝が代わるのも不自然だ。

だからサンジェルはそのまま皇帝にさせておいて、私は皇帝の隠し子だという設定でいく。

私があの欲望デブの子供だと思われるのは癪《しゃく》だけど、間違っても私が純粋な暴力でこの帝国を乗っ取ったなんてことは知られたくない。

戦争も無くなるわけだし、ファリア王国の住民たちはもちろん、サンジェルに従わされていたデルボア帝国の兵士たちも喜んでいる。

実質的にはデルボア帝国を乗っ取り、さらにファリア王国にも脅迫をかけているだけなんだけど……。

（これなら、テナン王子も子供の私を一人の女性として扱ってくれるはずよね）

単純に私がデルボア帝国を武力で倒してそれを条件にテナン王子と結婚することはできなかった。

それだと、私が一人で国一つを滅ぼせるほどの存在だということが分かってしまうから。

だから、こんな回りくどい方法を取るしかなかったのだ。

あくまで私はこの皇帝の娘として、ファリア王国との和平の為に使われるか弱い道具でなければならない。

もちろん、私の化け物じみた強さを知っているデルボア帝国の城の兵士たちには口止めをさせる。

◇◇◇

——翌日。

ファリア王国から承諾の返事をもらった。

テナン王子の直筆のサインで、「この度の提案、謹んでお受けする」と書かれている。

これで、私はテナン王子との婚約が確定。

やった！　やったわ！　結婚ってこうやってやるのね！

やはり暴力！　暴力が全てを解決する！

そんな事を考えながら、私は心の中で小踊りをする。

私は早速、デルボアの城中の者たちを大広間に集めた。

ゴホンッと軽く咳《せき》ばらいをして、ファリア王国からの返事の手紙を得意げに見せる。

「え～そういうわけで！　私はファリア王国のテナン王子と政略結婚することになりました！　だ

から、戦争も中止！　そういうことでよろしく！」

私がそう言うと、しーんと静まり返る。

普通、『結婚』というとお祝いすべきことなんだけど、ここまで声高に『政略結婚』と言われるとどう反応して良いか分からないのだろう。

兵士長が手を挙げて、私に質問をする。

「サティ様、政略結婚などされなくても戦争は私たちが侵略を中止すれば済むことです」

当然の指摘だ。

しかし、この国を乗っ取ってから私につきまとっている誤解されたイメージを払拭するチャンスでもある。

毎日毎日兵士やらメイドやら国民やらが私に謁見して床に頭をこすりつける勢いで感謝するけれど……。

それは、私に関する誤ったイメージだ。

「白状するわ、私はテナン王子と結婚する為にこの国を乗っ取ったの。ついでに色々と手を出したけど……残念ながら、別に良い人でも何でもないのよ」

「…………」

余程ショックだったのか。

それとも、幻滅しているのだろうか。

みんな言葉を失っている。

しかし、そんな中メイドたち数名が声を上げる。

「な、なんてお可愛らしい理由……」

「恋の為に、戦争を止めたなんて。こんなに壮大な恋は知りませんわ！」

……お、おぉ？

総バッシングを受けることも覚悟してたけど、何か好意的だ。

続いて、数名の兵士も声を上げる。

「サティ様、我々も白状いたします。我々はまだあなた様を信用し切れていませんでした！」

「なにせ、我々は圧政に被害を受け続けてきました！　統治者を信用する事が難しいのです！」

「それを武力で無理やり正した貴方の事も、正直思惑が分からず恐怖の対象でした」

そして、再び全員が頭を下げる。

「しかし、今のお話を聞いて確信いたしました！　貴方は完全に信頼に足る人物です！」

トンチンカンなことを言う兵士に私は首をかしげる。

「えっと、私はこの国の事なんて割とどうでも良いって言ってるようなモノだと思うんだけど？

利用しているだけっていうか」

「だからこそ信頼できるのです。目的がハッキリしていますから！　サティ姫様のご結婚、我々も全力でサポートさせていただきます！」

そして、全員で右腕を掲げて「おー！　やるぞー！」と声を上げてしまった。

なんだ、この一体感は。

逆にこれから戦争にでも向かうんじゃないかというくらいの気迫だ。

私は理解することを諦めて玉座に座ってため息を吐く。

「まぁ、何にせよ貴方たちがそれで良いなら良いわ。それで、サンジェルは？　まだ生きてるわよね？」

私が皇帝の所在を聞くと、つるし上げられて全身鞭打《むちう》ちの傷だらけのサンジェルが運ばれてきた。

おーおー、もう全員分の恨みの制裁は受けたのかしらね。

私は生まれたての小鹿のように全身を震わせるサンジェルに恐る恐る話しかける。

「あの……大丈夫？」

「ひぃっ⁉　ごめんなさい！　ごめんなさい！」

「あー、私と話ができるくらいにまで回復させてあげてくれる？　結婚式、コイツが必要だからさ」

「はっ、かしこまりました！　ほら、来いっ！」

うーむ、因果応報とはいえやっぱり事情に詳しくない私は同情しそうになってしまう。

でも、聞いた話だとアイツのせいで罪のない人が何人も死んでるわけだし……やっぱり情状酌量の余地はないんだろうなぁ。

そして、最後に私は城の全員に一番大切な事を伝える。

「くれぐれもっ！　私が一人で国一つを滅ぼせる化け物であることは口外しないように！　返事！」

「は、はい！」

「良いわ、そして繰り返して！『サティ姫様はか弱い少女！　品行方正な淑女！』」

「サティ姫様はか弱い少女！　品行方正な淑女！」

何度か繰り返させると、私はひとまず満足する。

これで、私が望む形で結婚式を迎えられるはずだ。

◆◆◆

私、マーサ・イーエルはファリア王国で生まれ育った。

家は街の中央からやや離れた一軒家。

父は商人で、色んな珍品を買い漁《あさ》っては私に自慢していた。

母は街のパン屋さんでパン作りの手伝いをしている。

別に裕福な家庭じゃないけど、食べるのに苦労するほどでもない。

本当にそんな……何の変哲もない平民の子供だ。

そんな私が初めてテナンに会ったのは八歳の時。

その日は国葬の日だった。

テナンの母――王妃であるシルヴィア・ファブレ様。

元々身体が弱かった王妃様は、とある夏の日に倒れて亡くなられた。

まだ子供だった私に王室の事はよく分からなかったけど……。

多くの国民たちが悲しみに暮れていて、とても愛される良い人だったのだと思った。

ファリア王国の王妃様の国葬に参列した後。

私は一人、お城の隣の道を歩いていた。

両親が他の人たちとのお喋《しゃべ》りに夢中で、私は「しばらくその辺りを散歩でもして時間を潰していなさい」だなんて言われたからだ。

若干、不貞腐《ふてくさ》れつつボーッと生け垣を眺めながら私はお城の周りをクルクルと歩いて回っていた。

その時、私は目ざとく生け垣の一部にとても小さな……穴とも呼べないくらいの綻《ほころ》びを見つけた。

私の小さな身体をねじ込めば……穴を拡《ひろ》げて通れそうだ。

そう思った私は当時の恥ずかしいほどの好奇心でそのまま生け垣に突入した。

生け垣を突き進んで抜けると、とても手入れが行き届いた庭に出た。

子供の私でも、ここがお城の敷地内の庭だということが分かった。

しかし、私はまだ当時八歳の子供。

王城の敷地に侵入したという事の重大さが分からずに庭に咲いた色とりどりの花に目と心を奪われていた。

そんな時、庭からすぐ見えるテラスから二人の人の声が聞こえてきた。

「テナン様、この度の奥様のご不幸……大変心苦しいばかりです」

「……ありがとう、爺《じい》や。沢山《たくさん》の国民たちが葬儀に参加してくれたね、母上が国民たちに愛されていた証拠だ」

声がする方に目を向けると、私と同じくらいの年齢の金髪の男の子がとても立派な服を着て使用人と話をしていた。

私は好奇心のまま近づいて、その話を盗み聞く。

「坊ちゃま……こんなに早く奥様を失われて、さぞお辛《つら》いことでしょう。この爺にできることがあれば、何でもご相談ください」

「……ありがとう。でも、俺は王子だ。この国を背負っていく覚悟はすでにできてる」

そう言って、その男の子――テナンは使用人に笑いかける。

「だから、心配しないで。それに、まだ父上もいる」

「おぉ、とてもご立派です！　爺は感激いたしました！　では、今はお部屋でごゆっくりとお休みください」

そう言って、ゆっくりと扉を閉める。

使用人の足音が遠くなっていくと、その男の子の瞳からは堰《せき》を切ったようにポロポロと涙が溢《あふ》れた。

「うぅ……母上！」

その場でうずくまると、声をおさえるようにしてむせび泣く。

母親を失う。

それがどんなに辛いことか私には想像もできなかった。

八歳の子供にとって、親の存在なんて自分にとっての全てだ。

気がつくと、私はテラスから侵入すると自然とその金髪の男の子のそばに駆け寄り、その小さな身体を抱擁していた。

「――だ、誰⁉」

「よしよし、泣いて良いよ。私しかいないから」

明らかな侵入者である私。

しかし、その時のテナンはこうやって弱みを見せられる相手がいなくて……。

立派な大人たちに囲まれて、王子としての責務を負わされていた。

だから見知らぬ私にすら、身体を預けてしばらく泣いてくれたんだと思う。

母親を亡くした可哀《かわい》そうな男の子。

それが、私がテナンに抱いた最初の印象だった。

――それから私は、事あるごとに生け垣の境目から侵入してテナンに会いに行った。

この秘密の入り口の存在は私とテナンしか知らない。

最初は同い年の男の子と遊ぶ為にこっそりと会いに行っているくらいの認識でしかなかった。

テナンは毎日剣の鍛錬や勉強など、私とは比べ物にならないほどの英才教育を受けていた。

話によると、現国王であるテナンの父――レオナルド・ファブレ様もご病気でもう長くはないのだという。

だからこそ、テナンに国を任せるつもりであらゆることを詰め込んでいるのだろう。

テナンの父、レオナルド様は厳格な人だ。

自分の息子であるテナンにも厳しかった。

そして、テナンも生真面目だ。

その期待に応えようと、国民が、この国が、自分の手で豊かで幸せであるようにこの頃からすでにあらゆる努力をしていた。

毎日倒れそうなくらいに疲れていて……。

そのうち、私は毎日テナンの様子を見に来るようになった。

王子教育を手伝う事なんてできないので、私はただテナンの弱音を聞いたり抱きしめていただけだ。

そうしてあげないと、本当に壊れてしまいそうで……。

臣下や王様、国民たちに見せるテナンの表情は常に自信に満ち溢れていて、頼りになるけれど。

私だけは、テナンは決してスーパーマンではない事を知っていた。

それに、テナンが私に泣きついてくるのも、私も別に嫌じゃなかった。

こんな事を言ったら性格が悪いと思われてしまうかもしれないけれど、テナンの泣き顔がとても可愛かったから。

時が経《た》ち、テナンの身長はすぐに私を追い越した。

体つきも大きくなっていき、声も落ち着いた低い声になった。

もう私に泣きついてくることもない。

私がたまに両手を開いてみせても、テナンは顔をわずかに赤らめて「からかうな」と怒ってくるだけになってしまった。

きっと、もう可愛い泣き顔なんて見せてくれないのだろう。

テナンは、王子としてみるみるうちに国を背負えるような立派な存在になった。

その頃に、私はようやくテナンは一人の民草に過ぎない私なんかが直接会って良い存在ではないと理解し始めた。

テナンは凄《すご》い努力家だ、それに才能も溢れているし、性格も良い。

街に顔を見せれば、街娘たちが騒ぎ立てるほどの色男だ。

対して、私はどこにでもいる一般庶民。

やることといえば、親の手伝いをして学校に通うくらい。

成績も良くなかったし、学校でも目立たない地味な子という立ち位置だ。

だから、学校で一番人気のある男子生徒に突然告白された時は驚いた。

その時、私の頭にはすぐにテナンの顔が浮かんで、気がつけば口から謝罪の言葉が飛び出していた。

人生最大のチャンスをフイにした私は、きっとこれからも一人で生きていくのだろう。

若くして、そんな風に変な覚悟を決めてしまっていた。

「――ねぇ、もう私会いに来ない方が良いかしら？」

一三歳になった頃、私からそう言ったのを覚えている。

机で書き物をしていたテナンは、酷く慌てた様子で立ち上がった。

いつも通りの軽口や世間話をしている途中で突然言ったから、ビックリしたんだと思う。

テナンは今まで私に一度も見せたことがないような焦った顔で、頬には一筋の汗が伝っていた。

「マーサ、嫌になったのか？　ここに来るのが」

「そういうわけじゃないけど……。でも、テナンはもう立派な王子だし……庶民の私との世間話に割いてる時間なんてないでしょ？」

「そ、そんなわけないだろう！　大事な時間だ！　それに、身分なんて関係ない！」

テナンは力強く言い放った。

分かっている、テナンは優しいからそう言うだろう。

でも私は庶民だし、それにテナンの助けになる事なんて何もできない。

泣き虫だった小さな男の子は、もう居ないんだから。

私はここで身を引くべきだったのかもしれないけれど……。

卑しい気持ちが私に別の言葉を話させる。

「そ、そう？　まぁテナンがそう言うなら……これからも来ようかな。私も楽しいし」

「そうか、良かった……。そうだ、これからは美味しいお茶だけでなく、お菓子も用意してやろう！」

「それって、私が食べ物に釣られてるみたいじゃない……」

「じゃあ要らないのか？」

「そ、そうは言ってないでしょ！　テナンがくれるって言うならもらうわ！」

そんな感じで、庶民と王子様の奇妙な密会は続いた。

テナンが私と会う時間を大切な時間だって言ってくれたのが嬉しかったし。

私のしょうもない話や愚痴を聞いて、笑ったり、からかったりしてくるテナンといるのが楽しかった。

私といる時だけは、テナンは王子じゃなくて普通の男の子だったから。

——だからこそ、「大嫌いだ」なんて言われたあの時、私の瞳からは涙が止まらなかった。

デルボア帝国との戦争の件もあるんだろうけど、私の心の中にはやっぱり王子様に付きまとっている庶民という感覚があって……。

本当はテナンが私の事を迷惑に思っていた……そんな風に考えてしまったから。

それからはもう私はテナンに会いに行けなくなってしまった。

それに、「もう来ないでくれ」とまで言われてしまったし。

テナンの言う通り、私も国を出て安全な場所まで逃げるべきなんだろう。

だけど、私はただ自分の家で、テナンの身を案じることしかできなかった。

しかし、その翌日。

夕方ごろに城の兵士から驚きの発表があった。

「和平！　和平である！　ファリア王国はデルボア帝国との和平条約を締結した！　戦争はなくなった！」

まだファリア王国に残っていた街の人たちは両手を上げて喜んだ。

唐突なことに私も一瞬混乱したけれど、すぐに一緒になって喜んだ。

これで、テナンは死なずに済むから。

そして、兵士は続けて発表する。

「デルボア帝国から申し出があった！　我がファリア王国のテナン王子とデルボア帝国の姫、サンタテレサ様との婚約をもって、和平とする！　とな！」

「――へ？」

周囲が盛り上がり続ける中、私だけは思わず固まる。

テナンが敵国の姫と結婚……？

そっか、和平の証《あかし》として……いわゆる政略結婚というやつか。

突然の話だけど、この申し出を受ける他はない。

テナンはこの国を守れれば良いと、喜んで承諾したことだろう。

……そう、これは国と国との運命を、そして全ての国民の命を左右するような大切な話。

ただの幼馴染《おさななじみ》である一般庶民の私には入り込む余地なんてどこにもない……。

結局、テナンには会いに行けないまま数日が経った。

……そして、和平条約締結の日が近づいてきた。

テナンが、デルボア帝国のお姫様と結婚をする。

（これで良かったのよね。いえ、私がどう思おうが別に関係ないわ。テナンは、この国の王子なんだもの）

まるで自分に言い聞かせるように何度も頭の中で復唱する。

私は自分の部屋の窓から夜空の綺麗《きれい》な月を見上げた。

◆◆◆

マーサが居なければ、俺はとっくにダメになっていた。

初めて会ったのは、母上が亡くなった時だ。

厳格な父に「常に人々を導く王であれ」と教えられた俺は、母上の国葬でも一滴の涙も流さなかった。

国民に、臣下に、俺の弱い所を見せるわけにはいかなかった。

だから、俺は耐えるつもりだったんだ。

でも、扉が閉じて部屋で一人になったら胸が強く締め付けられた。

こみ上げてくる感情に瞳からは涙が止まらなかった。

ダメだ、辛い、こんなの耐えられない……。

そんな思考が頭を埋め尽くし、崩れていく俺の身体が不意に何かに支えられた。

顔を上げると、俺と同じくらいの歳《とし》の、やや俺よりも身体の大きい女の子が俺を抱きしめていた。

「――だ、誰!?」

庶民の服を着ているから、ここには紛れ込んで入ってしまったことはすぐに分かった。

そう、庶民――国民だ。

だから、泣いちゃダメだ。

彼女が居るから、俺は泣いちゃいけないんだ。

「よしよし、泣いて良いよ。私しかいないから」

しかしマーサは当時の俺が心の中で一番欲しがっている言葉をくれた。

思い切り泣きたかった、それを誰かに受け止めてほしかった。

その言葉を聞いた瞬間、俺はさらに声を上げて泣いたのを覚えている。

マーサはその間、ずっと俺の身体を抱きしめて励ましの言葉をくれた。

こんな事、恥ずかしくてマーサには言えないけれど。

マーサが居なかったら、俺はすでに全てを放り出していたかもしれない。

——その後も、俺の人生は幾度となくマーサに助けられていた。

俺が挫《くじ》けそうな時、もう何もかも諦めたくなった時。

マーサはいつもそばにいて、俺を励ましてくれた。

秘密の抜け道を使って、マーサは毎日俺に会いに来てくれた。

ある日、マーサが四角い機械を持って来た。

これは『射影機』と言って、空間を切り取って一枚の紙にすることができるらしい。

その出来上がった紙は写真と呼ぶそうだ。

マーサの父親は珍品を扱っている商人らしく、マーサが無理を言ってもらってきたのだ。

「ほらほら、これを使ってみましょ！」

「分かった、じゃあマーサはそこに立って——」

「違うわよ、一緒に写るの！　ほら、もっと近づいて！」

俺の気なんて知らずに、マーサは俺を隣に引き寄せる。

そして、机に置いた射影機を起動した。

「ほら、笑って！」

「きゅ、急に笑えるか！」

出来上がった写真には満面の笑みのマーサと仏頂面の俺が居た。

その写真を見てマーサはさらに大笑いする。

「テナンったら、なんで真顔なのよ！」

「お前が急に近づいてくるから――」

「そんなに私に近づかれるのが嫌なのかしら？」

「もう一度撮ろう、今度はちゃんとした笑顔を作る」

「残念ながら、これは一枚しか撮れないの」

そう言って、マーサは笑いながら俺に写真を手渡す。

「ほら、これテナンにあげる！」

「仏頂面の俺の写真をか？」

「私の笑顔も写真に入ってるんだから、それを見て少しは笑顔の練習ができるでしょ？」

「はぁ、分かったよ。確かに笑顔は大事だな、俺は人に好かれる王子にならないと」

「テナンったら真面目ねー。こんな時でも国の事を考えてるなんて」

呆れた表情のマーサから写真を受け取り、それは今でも俺の宝物だ。

それから、お互いに少し成長してマーサが学校に通うようになった。

相変わらず秘密の抜け道を使って俺にコソコソと会いに来るマーサ。

俺は「正面から堂々と入って来られるように使用人たちに言いつけようか？」と提案した。

しかし、マーサによると王子に呼び出されて毎日会っているなんて事が公になると学校でイジメにあってしまうと言う。

俺が「なぜだ？」と言うと黙って部屋に置いてある鏡を突き付けてきた。

当然、俺の顔が映って俺は困惑する。

その様子を見て、マーサはため息を吐いていた。

今日は一緒に中庭の花壇の手入れをすることにした。

良い気分転換だし、マーサは花が好きだから。

すると、不意にマーサが「男子生徒に告白された」と言った。

俺は思わず目の前のバラを切ってしまった。

しかし、すぐに断ったと聞いて、俺は心から安堵《あんど》した。

切り落としてしまったバラの花を手に取って、俺は――

マーサに渡す勇気もなく、部屋の花瓶に生けたのを覚えている。

この関係が、俺にはとても心地よかったから。

無理に進める必要は無い。

臆病な俺は、自分にそう言い聞かせて毎日マーサと会っては軽口をたたき合っていた。

マーサが、来てくれるから俺は頑張れる。

俺が守るべき国民の中にマーサが居るなら……。

俺はこの命を賭して、この国の為に頑張ると決意を固めることができたんだ。

そう、俺の心の中には二つしかない。

父上から受け継いだこの国と、マーサの笑顔だ。

だからこそ、あの日。

何度も俺に逃げるよう説得に来るマーサを、俺は拒絶しなければならなかった。

俺には父から受け継いだこの国と命運を共にする責務がある。

そして、マーサをそんなことに一切巻き込みたくない。

マーサは、どこか俺の知らない場所で知らない相手と結ばれて幸せになってくれれば良い。

そう思って俺は説得しようとするマーサを冷たく突き放した。

「大嫌いだ」、「もう来ないでくれ」。

この言葉を絞り出すのが、俺が今まで経験したどんな事よりも辛かった。

マーサの悲しそうな表情が忘れられずに俺の胸を刺す痛みとなる。

それに、泣かせてしまった。

でも良いんだ、マーサの為なら俺は地獄に落ちる覚悟もできてる。

そんな覚悟を決めていた翌日だった。

デルボア帝国から使者がやってきた。

いつもの無礼な兵士ではなく、とても礼儀正しい老兵だった。

俺は警戒しながら、書簡を受け取り、内容を確認する。

すると、そこには信じられない内容が書かれていた。

「和平っ⁉　ほ、本当ですか⁉」

俺は思わず、デルボア帝国の使者に尋ねた。

「はい、デルボア帝国の皇帝サンジェル様はファリア王国との和平を希望しております。その条件として、デルボア帝国の姫サンタテレサ様とファリア王国、テナン王子様との婚約を提案しております」

デルボア帝国から今まで和平の雰囲気など感じ取れなかった。

常に横暴で、敵意を向けていて、従わなければ蹂躙《じゅうりん》する。

デルボア帝国が蛮族であるサンジェルに支配されてからは、ずっとそんな調子だったはずだ。

しかし、手紙には確かにデルボア帝国の刻印と皇帝であるサンジェルのサインが書かれていた。

サインがやや震えている文字のようにも見えるが……本物であることは間違いない。

「お返事を頂けますと幸いです」

使者の兵は丁寧に頭を下げる。

一体、国内で何があったのかは分からないが、幸せそうな顔をしていた。

「承知いたしました……。客室に御通しいたしますので、おくつろぎください」

メイドを呼び、使者の方を城の一室に案内させた。

俺は渡された書簡を何度も読み返す。

考えるまでもない。

俺の婚約で両国が争わずに済むのなら、この提案を受けない選択肢はない。

その夜、一応城の大臣たちとも吟味をしたが結論は同じだ。

みなこの申し出を喜び、是非ともお受けすべきだと言った。

承諾の返事を書きながら、俺の頭の片隅にマーサの顔が浮かんだ。

そうだ、これでもうマーサも安全だ。

俺なんかの為にゴタゴタに巻き込まれずに、自分の人生を歩むことができる。

きっと、幸せな人生を……。

書き終えると、俺は筆を置く。

最愛の幼馴染の顔と、その幸せを思い浮かべながら俺は部屋の窓から夜空に浮かぶ綺麗な月を見上げていた。

◇◇◇

——結婚式前日。

結婚式はファリア王国で執り行うことにした。

デルボア帝国に招くのは流石《さすが》に警戒心ＭＡＸになっちゃうし。

ファリア王国にしてみたら、勝ちが濃厚だったデルボア帝国が突然和平を申し出た意味が分からず今でも不気味なままだろう。

私はデルボア帝国の兵士たちが用意してくれた華やかな馬車に乗ってファリア王国へ。

私の隣には中型犬サイズのクロも同乗してくれている。

父親役として必要なサンジェルは別の馬車だ。

『幼女』さらに『筋力ゴリラ』という二重苦を背負った私もようやく幸せになれる時が来た。

私はたまらず、ため息を吐く。

「はぁ～、これでようやく真実の愛が手に入るのね……」

「──政略結婚が真実の愛か？」

「………」

私が座る馬車の籠の中で、見覚えのある不健康そうな男性が向かい合わせで座っていた。

「貴方は確か、役立たずの神ハデスだったかしら？」

「冥界の神だ……。普通、結婚の為に国を落とすか？　本当に面白いなお前は」

「これで私は地獄行き決定かしら？」

「お前が自分の為に起こしたことではあるが、結果として周囲の為になっているからな。その心配はないだろう。むしろ、これから死ぬはずだった人間が減ったんだ。俺の仕事の数を減らしてくれて礼を言う」

「人の生き死にを仕事とかって言うの、あまり印象良くないわよ？　まぁ、貴方について印象の話をするのは酷だけどさ」

お互いに軽口を言い合って、私はハデスをジト目で見る。

「それで、どうしてこの祝いの場に水を差しに来たのかしら？」

「あぁ、調べておくって言っただろう？　お前の呪いを解く方法」

「分かったの⁉」

「簡単じゃないがな。この世界に存在するいくつかの伝説の素材が必要だ」

「伝説の素材……？」

私が聞くと、ハデスは懐から紙を取り出して私に手渡す。

紙を見ると、箇条書きでずらりと文字が並んでいた。

「そこの書かれている通り、呪いを解く為には、『ネメアーの獅子《しし》の鬣《たてがみ》』『ヒュドラーの毒牙』『ケリュネイアの角』『エリュマントスの牙』『ステュムパーロスの――」

「待って待って、ちょっと待って！」

ハデスの話を遮ると、私は大声を上げる。

「多すぎるわ！　しかも、なんかどれも神話に出てきそうなくらいの名前じゃない？　そうそう会えるとは思わないわ」

「お前の目の前にいるのは神話の生物どころか、神そのものなんだが……」

「……そういや、そうだったわね」

私は座り直すと、余裕を見せるように腕を組む。

「まぁでも、私はテナン王子と真実の愛を育むわけだし？　きっと必要ないわよ」

「こんな暴力的な結婚が真実の愛だとは思えないが……」

ハデスの言葉に、私はヤレヤレと大きなため息を吐く。

「全く、分かってないわね。キッカケは何でも良いのよ！　いや、むしろキッカケは悪い程良いわ！　偽装結婚やら、政略結婚やら、お見合いやら、望まぬ形で一緒になって、それがいつの間にかお互いがお互いの魅力に気がついて真実の愛になっていくの！」

「……そうなのか？」

「そうなのよ！『異世界恋愛』界隈《かいわい》では当たり前よ！」

私の力強い演説を聞いて、ハデスは「ほぉ」と感心するような声を上げる。

「まぁ、さっきの素材一覧の紙は一応とっておけ。役に立つかも分からんからな」

そう言うと、ハデスはクロの頭を撫でる。

クロは嬉しそうに「くーん」と鳴きながらハデスの手を舐《な》めた。

「俺ももう仕事に戻らなくちゃならん。それと、その紙の奴らについては恐らく会うのはそう難しくないぞ」

ハデスは馬車の中に時空の裂け目を作り出す。

「――恐らく、向こうからお前の元にやってくるからな」

「はぁ？　ちょっと、それってどういう――行っちゃった……」

私が聞き返す前にハデスはまた時空の裂け目に入って消えてしまった。

くそ、あの社畜神め。

どうせまたいつか出てくるだろうし、その時に聞いてやる。

今度こそ、パーカーを剝ぎ取ってやる。

そんな事を思っている間にファリア王国に到着した。

街並みを見ると、私がファリア王国を旅立った時よりも活気が戻っていた。

多分、和平の知らせを受けていくらか人が戻ってきたのだろう。

あの雑貨屋さんもお店を開いている。

良かった、これならファリア王国の国民たちからも祝福してもらえそうだ。

マーサもどこかに居ると思うんだけど、街の中心部では見つけられなかった。

「サティ姫様、到着いたしました」

馬車が止まると、籠の扉が開いた。

ドレスを着飾った私は、大型犬サイズのクロを隣に付き添わせて馬車の前に敷かれた赤い絨毯《じゅうたん》に足をおろす。

迎えには、テナン王子が跪《ひざまず》いて私を待っていた。

「この度は和平の申し出、誠にありがとうございます。今日という日を一日千秋の思いで待っていました。このテナン、未熟な身ではありますがぜひデルボア帝国の姫様との未来を歩ませていただきたいと思います」

そう言って顔を上げる。

そして、私を見た瞬間に驚いた表情をした。

私は初対面の時と同じようにカーテシーをしつつ、優雅に挨拶《あいさつ》をする。

「テナン王子、お久しぶりです」

「き、君は……!?」

「はい、デルボア帝国の姫。サンタテレサは私です。サティとお呼びください。驚かれましたか?」

「あっ、いや大変失礼いたしました……。サティ様、貴方様が相手とは大変光栄なことです。ようこそ、ファリア王国へ」

テナン王子は安心した様子で私の手の甲に口づけをした。

私は平静を装っているが、心の中では大騒ぎだった。

(ふぉぉぉ〜!? す、凄い! 本当に手の甲にキスしたわ、キス! しかも凄く自然にカッコ良く!

やっぱり本物の王子様は違うわね!)

この場に居る誰よりも騒がしく興奮していた。

「して、サンジェル皇帝はどちらに……」

テナン王子の言葉で私は思い出す。

そうだ、アイツも出さないと……。

私が馬車の近くにいる兵士にハンドサインで指示を出すと、兵士は扉を開いた。

すると、とても柔らかい笑みを浮かべたサンジェルが馬車から降りてくる。

テナン王子はサンジェルを見ると地面に膝を付けたが、私が指示しておいた通りにサンジェルはテナンに声をかけた。

「テナン王子、おやめください。我らは本日より家族です。そのようにへりくだる必要はありませんよ」

「――!? は、はいっ! 有り難きお言葉です!」

「私も今までのやり方は大いに反省いたしました。これからは両国が一丸となって、平和で豊かな国を作りましょう」

「……は、はい!」

テナン王子、そしてその周囲のファリア王国の関係者たちはサンジェルの様子を見て大いに戸惑っていた。

テナン王子はすでにデルボア帝国に何度も和平の嘆願を送っていたのだという話を聞いている。

その度に、サンジェルは強気に突き返していたのだろう。

だからこそ、ファリア王国側はサンジェルの人の変わりようが信じられない様子だ。

もちろん、ここに来る前にサンジェルはすでに調教済みだ。

どんな言葉でも喋らせることができるし、どんな振る舞いをさせることもできる。

だから、こうしてできるだけファリア王国に威圧感を与えないように振る舞わせている。

「では、城内を案内させていただきます」

そう言って、テナン王子が直々に私たちを案内してくれた。

最初にサンジェルの部屋、そして次に私の結婚式の付き人を務めてくれているデルボア王国の兵士やメイドの控室。

そして、最後に私の部屋を案内してくれた。

「サティ様、式は明日です。今夜はこちらで旅の疲れを癒やしてください」

「はい、ありがとうございます」

「そちらの……サティ様の頼れる相棒もこちらでお世話いたしましょうか？」

テナン王子はそう言って、私の隣をずっと歩いてくれているクロに優しい笑顔を向けた。

「いいえ、クロは私を守ってくれる頼れる番犬ですから。一緒の部屋に泊まりますわ」

そう言うと、クロはどこか誇らしげに「ワン！」と鳴いた。

「……テナン王子。驚かせてしまってすみません。その……残念でしたか？　私が相手で……」

私が恐る恐る尋ねると、テナン王子は大きく首を横に振る。

「とんでもない！　貴方はその若さとは思えないほどにしっかりとされている。私なんかにはもったいないくらいの相手です」

「それを聞いて安心いたしました」

「サティ様こそ、申し訳ございません。私のような未熟者が相手で……」

「そんなっ！　そんなことは全然ありませんわ！」

私も今更ながらテナン王子を相手に照れてきた。

あ〜、でも良い！

良いわっ！　この感じ！

政略結婚で無理やり決められた結婚（予定調和）。

そして、お互いに探り探りで照れてる感じ！

これこそ私が求めてた恋愛だわ！

一人心の中で盛り上がり続けていると、テナン王子が私に尋ねる。

「あの、もしかしてサティ様がサンジェル皇帝を――」

……ヤバい、バレたか？

私がサンジェルを操っていること……

テナン王子の言葉に私は思わずゴクリと唾を飲む。

「――『説得』してくださったんですか？」

テナン王子は大きく予想を外してくれた。

まぁ、こんな幼女が恐喝して従わせてるなんて思わないか。

私は全力で頷《うなず》く。

「そうっ！　そうなんですよ！」

「やっぱり！　私の部屋のテラスでお会いしてから、きっとこのファリア王国のことを伝えてくれたんだろうと思いました！　あの時は、数々の無礼を働いてしまい、大変申し訳ございませんでした！」

深く頭を下げるテナン王子。

「そんな、私こそ忍び込んでしまって申し訳ありませんでした。それに……私はどう見ても子供ですもの。テナン王子の対応は間違ってませんでしたわ」

「あの日……サティ様はファリア王国を見に来てくださっていたんですね」

私はゆっくりと頷く。

「はい……そして、とても良い国だと思いました。一人の優しい女の子が私を家に一晩泊めてくださったんです。温かい食事も、お風呂も、寝床も用意してくれて、私が出るときにはお金まで持たせてくれました。決して余裕のある状態ではないはずなのに……」

私の話を聞いて、テナン王子はしみじみと頷く。

「……この国の民は私の宝です。それが貴方に理解してもらえてこれほど嬉しい事はございません」

「ええ、戦争なんて起こすわけにはいかないと思いました。こんな……優しい人まで危険に晒すなんて……」

話をしていて、これは私の本心だと気がついた。

最初にこの国で戦争の話を聞いた時はどこか他人事《ひとごと》だった。

でも、マーサが私に優しくしてくれたから私は戦争を止めようと思っていた。

もちろん、テナン王子と一緒になりたいのが私の欲望ではあるけども……。

このファリア王国のガキんちょに絡まれたり、門番に阻まれたり、雑貨屋のおじいさんに良くしてもらったり。

みんな、どこか心が温かいから私は守るべきだと思ったんだ。

テナン王子は深く頭を下げた。

「サティ様のおかげで、我が国の平穏は保たれました。本当に、本当にありがとうございます」

――その瞬間、テナン王子の胸ポケットからペンダントが落下した。

楕円形《だえんけい》の、平べったい形をしていた。

「あっ、し、失礼いたしました」

「素敵なペンダントですね」

「は、はい……！　これは私の心の支えです。とても大切な……」

ペンダントを見て、少し物思いに耽《ふけ》った表情をした後、テナン王子は慌ててペンダントをしまう。

「では、サティ様。明日の式を大変楽しみにしております」

テナン王子はそう言って別れの挨拶をした。

部屋に入って扉を閉じると、私はフカフカのベッドにダイブする。

「つ～か～れ～た～！」

そして、見た目の年相応の声を出して手足をバタバタと動かした。

私の真似《まね》をするように、ベッドの隣でクロも身体をひっくり返してバタバタと手足を動かしている。

身体を動かしたりとかは全く疲れないんだけど、さっきみたいに公式の場で姫として振る舞うのは物凄く精神的に気苦労がある。

そもそも、私本当のお姫様じゃないし！

私はお姫様を雰囲気でやっていたんだけど、大丈夫だったのかしら?

まぁ、もう今更だ。

テナン王子は幻滅していた様子はないし、私が成長率一〇〇倍チート持ちのゴリラであることと、デルボア帝国を暴力で乗っ取ったことなどがバレなければ結婚してからもきっと上手くいくだろう。

(さてと……あとやることは一つだけ……。やっぱりケジメはつけないとね……)

陽《ひ》が落ちてきた頃に、私はクロと一緒に自分の部屋を抜け出した……。

◇◇◇

ファリア王国の外れの場所。

小さな一軒家を訪ねた私は、扉をノックする。

——コンコン。

すると、彼女はすぐに扉を開いた。

そして、私を見るや否や飛び切りの笑顔で私を抱きしめる。

「あっ!　サティ!　またこっちに来たのねー!」

「マーサ、元気そうで良かったわ」

そう、私はマーサの家に来ていた。

マーサは興奮した様子で私の両肩を掴む。

「ねぇ、知ってる⁉　戦争が無くなったの！　もう、この国に居ても安全なのよ！」

「……知ってるよ、マーサ。デルボア帝国のお姫様がテナン王子と婚約することで和平するんだよね」

「そうそう！　本当に良かったわ！　これで私の両親も帰ってくるし！」

私はマーサに尋ねる。

「マーサはそれで良かったの？　マーサの片思いの相手って、テナン王子なんでしょ？」

「ど、どうしてサティがそれを知ってるのよ⁉」

「マーサ……」

私は深呼吸する。

「デルボア帝国のお姫様って私のことなんだ」

「……へ？」

私の正体を聞いて、マーサは一瞬固まる。

しかし、すぐにまた私の手を摑む。

「そうなんだ！　えっと、おめでとうで良いのかしら？　でも、それって政略結婚って奴よね？　サティ的にはあまり良くない？」

「マ、マーサ的には良いの？　私が横取りしちゃったみたいな感じだけど……」

「良いに決まってるでしょ！　そもそもテナンは私の片思いだし！　この前なんて、面と向かって大嫌いだって言われちゃったよ」

「そ、それはそうだけど……」

「うん、良いんだ。私はテナンが生きてくれれば良いから。ちゃんと幸せになってくれればさ。私はもう会わないようにするから」

「マーサ……」

マーサの気持ちは『恋』じゃなかった。

すでに、『愛』に昇華されていた。

自分とは関わりが無くなっても良いからテナン王子には幸せになってほしい。

そんな気持ちだった。

「それに、テナンの相手がサティなら安心だね。サティって凄く素直で優しいから。あはは、テナンにはもったいないくらいに可愛いしね！」

「……マーサ、ありがとう！　うん、テナン王子は私に任せて！」

それから、マーサはまた私とクロを一緒にお風呂に入れてくれた。

沢山話して、これからもずっと友達でいることを約束した。

「じゃあ、サティ！　おやすみなさ～い！　クロもね！」

「うん、マーサ。お休み～」

「ワン！」

夜はマーサの家で寝させてもらうことにした。

布団をかぶると、私は考える……。

（マーサの目……泣いた痕があった）
私が扉をノックして、マーサが開けてくれた時、目が赤くなっていた。
多分、テナン王子のことを考えて泣いたのだろう。
マーサの本当の気持ちがどうかは分からない。
けれど、後はもうマーサが自分の気持ちとどう向き合うかの問題だ。
私には……どうすることもできない。
マーサは凄く良い人だ、私もクロも本当に大好きだ。
どうか、幸せになってほしい。
そう願いながら、私は眠りに落ちた。

～平穏に
暮らしたいのに、
周りがそうさせて
くれません～

成長率100倍チートの転生幼女

第5話 王子様との結婚

――翌日。

ついに、結婚式当日になった。

私は控室でデルボア帝国から連れてきたメイドたちにメイクアップをしてもらっていた。

「もう少し、大人っぽいメイクにはできないの？」

「サティ様、いけません。素材の味を生かすのです……」

「そうですよ、こんなに可愛《かわい》らしいお顔……変に弄《いじ》る必要などございません！」

「う～ん、そういうもんなのかしら？　テナン王子に少しでも見てもらえるようにしたいんだけど……」

「サティ様、ご自分の容姿に自信が無さすぎます！」

「いや、自信も無くなるでしょ……こんな見た目じゃ……」

今更どうしようもない自分の姿を鏡で見て、改めてため息を吐《つ》く。

とはいえ、心の中ではとても幸せな気持ちでいっぱいだった。

なにせ、いつもの私の姿が純白のドレスに包まれているから！

（きゃー！　これがウェディングドレスって奴《やつ》なのね！　前世から含めて苦節四四年……私もようやくこれを着られる時がきたのね……！）

「サティ様、泣いてる……」

「よっぽど結婚が嬉《うれ》しいのね……」

「最高の結婚式にしましょう！」

こうして、私は控室から送り出されて式場へ。

結婚式場は、ファリア王国の人と、デルボア帝国からの付き人で満席となっていた。

会場の入り口には、大きな白いアーチが立っていて、アーチには淡いピンクや白のバラが絡み合い、香り豊かな花々が私を歓迎している。

陽《ひ》の光がアーチを通り抜け、柔らかい光が床に踊るように差し込む。

中央には、長く延びる純白のバージンロードが敷かれ、その両側にはクリスタルのキャンドルスタンドが立ち並び、揺れる炎が温かな光を灯《とも》している。

（マーサは……来てないわね。マーサの事だから、私とテナン王子に気を使ったんだろうけど……）

そして、時を同じくして式場の光景を目にしたテナン王子は、純白のスーツを着こなして私に柔らかな笑みを浮かべていた。

「サティ様、参りましょう」

「は、はい……！」

あまりの神々しさと、テナン王子の美しさに私は若干緊張してしまう。

だ、だって……このバージンロードを渡り終えたら……わ、私、き、きき、キッスを……!?

前世から合わせても初めてのキスがまさか結婚式だなんて……。

頭の中がグルグルとしたまま、私はバージンロードの上を歩く。

そして、心の準備ができる前に神父の所まで到着してしまった。

神父は、穏やかな笑顔で私とテナン王子を見つめながら、静かに会場に響く声で話し始める。

「親愛なる新郎新婦様、お二人が今日、ここに集まったのは、愛と信頼をもって、互いの人生を共に歩んでいくことを誓うためです。愛は、喜びだけでなく、時に試練や困難をも伴います。しかし、愛し合う二人が共にいることで、それらを乗り越え、より強く、深い絆《きずな》で結ばれるのです」

神父は一瞬、私たちの目を見つめ、そして参列者に向けて語り続ける。

「ここに集まったデルボア帝国、ファリア王国、両国の皆様は、お二人のこの大切な誓いを見守り、共に祝福するために参りました。どうか、お二人は互いの心に耳を傾け、支え合い、励まし合い、そして何よりも愛し合うことを決して忘れないでください」

そして、神父は声を高め、微笑《ほほえ》みながら宣言する。

「それでは、ここにお二人を夫婦として結びます。テナン王子、サティ姫にキスをして誓いを完成させてください」

（き、きき、キタァー！）

自分の心臓がドラムで激しい曲でも奏でてるのかってくらいに速く脈打つ。

グッバイ、非モテの私っ！

こんにちは、ファーストレディの私！

ついに、私、王子様とキスしちゃいまーす！

テナン王子の表情にも緊張が見られた。

しかし、それを必死に取り繕うかのようにしっかりとした瞳で私の目を見つめる。

「サティ様、それでは失礼いたします……！」

そう言って、テナン王子がゆっくりと私へ向けてその身を屈《かが》めた。

私はギュッと目を瞑《つむ》り、そして、ついにその瞬間が――

――バリィィン！！

……え？　キスってこんなステンドグラスが割れるみたいな音がするの？

「サティ様、危ない！」

目を開くと、私はテナン王子のマントの下にいた。

そして、なぜか天井が開けて青空が見えている。

というか、天井が壊されている。

「な、何が起こったの!?」

「サティ様、魔物による襲撃です！　それも、かなり巨大な……！」

見ると、破壊された天井に巨大な獅子《しし》が鎮座していた。

そして、大きな唸《うな》り声を上げる。

「サティ様、私から離れないでください。貴方《あなた》をお守りします」

「う、うん……」

まさにキスする三秒前に「待った！」をかけてきたのはまさかのライオンである。

せめて人であれよ。

私の為に争うのはやめてっ！

ていうか、マジでやめろよ！

あとほんの少しでキスできたんだぞ！

「グルルルル！」

結婚式の参列者たちの中で大人しくしてくれていたクロも狼《おおかみ》の姿になって、獅子に威嚇する。

それを見て、テナン王子はもう一度驚いた。

「ま、魔物がいつの間にかもう一匹⁉　サティ様、離れて！」

「あっ、これはウチのクロです。私を守ろうとすると大きくなっちゃうんです～」

クロまで敵だと思われてしまわないように、私はクロに勝手な設定を付け足す。

とにかく、この獅子はどうして現れた？

しかも、こんな最悪のタイミングで……！

「おい、獅子よ！　お前の目的はなんだ！　どうしてこの場所に現れた！」

テナン王子は私を守るように前に立って、獅子に問いかける。

獅子は、目を細めて答える。

「我はネメアーだ」

……ネメアー。

どこかで聞いたような……あっ、そうだ！

ハデスに渡された呪いを解く為の素材一覧！

それの一番最初にあった名前だわ！

確か、『ネメアーの獅子の鬣《たてがみ》』よね……。

その素敵な鬣、少しだけ分けてくれないかしら？

そのネメアーは話を続ける。

「吾輩《わがはい》はここに、ハデスの祈り子を攫《さら》いに来た」

「ハデスの祈り子……？」

「さよう、冥界の王ハデス。知っての通り、死を司《つかさど》る不吉の象徴。かの邪悪な者がこの地に遣わせた祈り子がいるはずだ」

テナン王子は激高する。

「馬鹿を言うな！　そのような悪しき神の遣いが、この祝いの場所に居るはずなどない！　お引き取り願おう！」

私は内心でダラダラと滝のような汗をかく。

あの社畜神の遣いだとか祈り子？　なんてモノになった記憶はないが、多分私の事だろう。

それで、このライオンは私を攫いに来た……？

全くお呼びじゃないので、早く立ち去ってほしいし、結婚式の続きをさせてほしい。

まぁ、このまま黙っていれば私だということは気がつかれずに――。

「しらばっくれようと無駄だ。この中にいるのは分かっている」

ギクゥッ！

仕方がない、こんな場所で暴れられたらみんなに被害が及ぶしお城がもっと壊れちゃうし……。

テナン王子も居る前でこのデカライオンを殴り倒すわけにもいかない。

さっさとこの獅子に私を攫ってもらって、この場所を離れてもらおう。

そして、どうにか自力で帰ってこられたことにでもすれば良い。

私は脚に力をこめると、跳び上がって獅子の背中に向けて突っ込んだ。

「キャー！　不思議な力で引き寄せられますー！」

「サティ様っ！」

私が一芝居打ってネメアーの背中に乗ると、テナン王子は怒りを燃やす。

「おのれっ！　よりによって、サティ姫様を狙うとは！」

「えっ、いや……吾輩は何も――」

困惑するネメアーに、私は耳打ちする。

「ハデスの遣いは私よ。これ以上余計な事は言わずに連れて行きなさい」

「……良いだろう。その身体能力、嘘《うそ》ではなさそうだ」

利害が一致したネメアーは私を背中に乗せたまま、式場を飛び出す。

「獅子よ、どこへ行く！　サティ様を返せ！」

「きゃー！　テナン王子、助けてー！　連れ去られてしまいますわー！　か弱いから、抵抗もできませんー！」

私は最後まで連れ去られる淑女を演じる。

テナン王子は血相を変え、クロもワンワンと吠《ほ》えていた。

心配させてごめんなさい、テナン王子と、ファリア王国のみなさん。

これ以上大事になるまでに帰ってきます。

そんなわけで、私は今度はライオンの背に乗って草原を南へと駆けてゆく。

毛がゴワゴワとしていて、クロの背中の乗り心地とは比べるまでもない。

ちょっと、獣臭いし……。

「それで？　アンタの目的は何なのよ？」

「近くに吾輩の寝床がある。そこで交渉をしよう」

この場で倒すこともできるけれど、私はこいつを倒すと経験値が入ってレベルアップしてしまう恐れがある。

それに、こいつはハデスがリストアップした『呪いを解く為の素材一覧』の一匹だ。

話を聞けば、他の存在についても分かるかもしれないし、黌くらい事情を話せばくれるかもしれない。

「……あまり遠くに行かないでよ？　全く」

◇◇◇

私はそのまま、そう遠くない山の麓にある洞窟へと連れ去られた。

「さて、お前がハデスの祈り子か」

「その祈り子っていうのになった覚えはないけれど、この世界にハデスから送り出されたのは確かに私よ」

ネメアーの獅子が入れるくらいの大きな洞窟の奥。

私はネメアーの目の前で話を聞いていた。

「それが祈り子だ。他の神はお前を警戒している者も少なくない。冥界の王が、この世界を滅ぼす為に送り込んだのではないか……とな」

「――はぁ⁉」

とんでもない真実を知らされて、私は思わず声を上げて驚く。

私、完全に何かこう、神々の小競り合いみたいなのに巻き込まれてるじゃない！

ハデスへの怒りを心のうちでさらに高めながら、私はネメアーに尋ねる。

「それで？　貴方も私が危険だから倒したいの？」

「吾輩の目的はお前ではない……ハデスを呼べ。吾輩はハデスの力を手に入れたいのだ」

「あ〜、残念ながらそれは無理よ。私から呼ぶことはできないわ、試しに何度か呼んでみたことがあるけれど、うんともすんとも返事がなかったもの」

「……そうか、それは残念だな。それじゃあ、『もう一つの手段』だ」

ネメアーはそう言うと、鋭い爪を私の前に見せてくる。

「祈り子であるお前が命の危機に瀕《ひん》したら、ハデスも現れるだろう」

「あー、獣が考えそうな単純な方法ね」

「どうだ？　今すぐ呼び出せばお前の無事は保証しよう」

「本当に呼び出せないんだってば。呼び出せるなら、今すぐ呼び出して私も顔面に一発拳を入れてるって」

「――大した信仰心だな。では、死ね！」

私はため息を吐く。

こうなったら仕方がない。

もうさっさと倒して鬣を引き抜いて帰ろう。

私は拳を握ってネメアーの獅子に向けて声を上げる。

「よし、ぶっ倒――」

「――サティ様！　助けに参りました！」

何と、テナン王子が駆けつけてきた。

クロの背中に乗って、単身この場所までやってきたのだ。

私は振り上げた拳を即座に胸の前に持ってきて瞳に涙を浮かべた。

「――されてしまいますわ！　テナン王子、助けてください！」

セーフ。

危うく、テナン王子の目の前で神話級の獅子を屠《ほふ》ってしまう所だった。

そんな現場を見られたら、一〇〇年の恋も冷めてしまう。

「サティ様！　何とおいたわしい！　おい、獅子よ！　このテナンが相手だ！」

「ふん、邪魔が入ったな。まずはお前を消してやるとしよう」

「テナン王子、助けてください！　クロは離れた所で『待て』！」

「ワン？」

クロも私を助けるつもりで来てくれたんだろうけれど、怪我《けが》でもされたら大変だ。

ここはテナン王子にネメアーの獅子を倒してもらおう。

そうすれば、私の経験値は上がらなくて済むし。

それに、王子様に救出されるなんて凄《すご》くロマンチックじゃない！

テナン王子は剣を抜く。

「行くぞ、悪しき獣魔め！」

「矮小《わいしょう》なる人間よ、消し炭となれ！」

ネメアーは向かってくるテナン王子に向かって火を吐いた。

しかし、テナン王子は軽やかな身のこなしで躱《かわ》し、ネメアーの獅子の顔面に剣を振り下ろす。

それを牙で受けると、ネメアーはテナン王子を弾《はじ》き飛ばした。

「ほう、貴様……人間のくせにかなりの手練《てだ》れだな。面白い！」

「サティ様の為に！　俺はお前を打ち倒す！」

もう、私の心は感動で打ち震えまくっていた。

何？　この夢小説展開。

私、帝国を暴力で乗っ取って政略結婚を迫っただけなのにこんなに良い思いして良いの？

二・五次元ライブを最前列で見ている気持ちで私は戦いを見守っていた。

イケメンが……！　イケメンが私を助ける為に戦ってくれている……！

しかも、強い！

途中、テナン王子の剣がネメアーの鬣を斬ったので、私はすかさず回収しておく。

ちょっと苦戦はしているけれど、ネメアーの獅子を倒せるかもしれない！

テナン王子、本当に強かったのね！

「おのれ、人間！　この吾輩をここまで追い詰めるとは！」

「終わりだ！　サティ様を返せ！」

ネメアーは最後の力を振り絞って巨大な火炎を吐いた。

テナン王子も疲弊している身体を無理に動かして、その上を跳び上がり剣を構える。

「終わりだ……！」

——しかし、その瞬間テナン王子の胸元から何かが落ちた。

ペンダントだ、私を部屋に案内してくれた時にも持っていた。

そのペンダントが、ネメアーの火炎に向かって落ちていく。

「——くっ！」

それを見て、テナン王子は慌てた様子で火炎の方へと突っ込んだ。

ペンダントを拾いに行ったのだろう。

しかし、無謀だ。

テナン王子は火炎に包まれた。

「はぁはぁ……ガハハハッ！　人間よ、惜しかったな！　吾輩の勝ちだ！」

ネメアーの獅子は大笑いしながら勝利を宣言した。

火炎の煙が晴れると、気絶したテナン王子をお姫様抱っこした私が現れ、ネメアーは狼狽《ろうばい》する。

「お、お前はハデスの祈り子！　いつの間に⁉」

「……観客参加型の劇だったってことで。テナン王子、私の為に一生懸命戦ってくれてありがとう」

私はテナン王子を床に寝かせると、ネメアーの獅子に突進して顔面を殴りつけた。

「──っ⁉　ぐっはぁぁ！」

私の攻撃を受けて、ネメアーの獅子の顔面は洞窟の壁に激突する。

そして、こちらも気絶する。

「ふぅ……倒しちゃうと絶対レベルアップしちゃうからこれで良いか。これだけ実力差が分かればもう来ないだろうし」

私は気絶したまま倒れているテナン王子の元へと戻った。

テナン王子の手にはさっき落としたペンダントが握られていた。

死ぬかもしれないのに、必死に取りに行っていた。

それほど大切な物だったのだろうか。

……よく見ると、ペンダントが少し開いていた。

どうやら、中に写真を入れることができるタイプの物らしい。

少しだけ考えた後、私は悪いと思いつつもそのペンダントを手に取る。

そして、中に入れてある写真を見させてもらった。

「……これは」

中には、子供の頃のテナン王子が頬を赤く染めて仏頂面で写っていた。

その隣には、満面の笑みのマーサが居た。

二人で幸せそうに寄り添っている。

そんな写真だった。

「………」

テナン王子はこのペンダントについて、こう言っていた。

『これは私の心の支えです。とても大切な……』

私は気絶したまま倒れているテナン王子を見た。

テナン王子は気絶したまま小さく呟《つぶや》く。

「マーサ……すまない……すまない……」

私はしばらくテナン王子と、その写真を見つめる。

そして、大きくため息を吐《つ》いた。

◇◇◇

クロの背中に乗って、私とテナン王子はファリア王国に帰還した。

心配したファリア王国の人たちが駆けつけてくる。

「サティ様！　ご無事でしたかっ⁉」

「はい、どうにか……テナン王子が駆けつけてあの恐ろしい獅子を討伐してくださったんです！　ですが、相打ちになり、意識を失ってしまって……」

「な、なんてことだっ！　すぐに治療を！」

ファリア王国の人たちはしっかりと信じ込んでテナン王子を治療室へと運び込んだ。

一方、私が連れてきたデルボア帝国の人たちは「あぁ……どうせサティ様が倒したんだろうな」という表情が隠せていない。

ちゃんと演技指導もしておけばよかった。

——数時間後、テナン王子は部屋で目を覚ました。

飛び起きて、開口一番……。

「サ、サティ様は⁉　俺は、ネメアーの獅子を倒せたのか⁉」

私の名を呼んで心配してくれた。

そばで目が覚めるのを待っていた私はその手を握る。

「テナン王子、ご安心ください。私は無事です。貴方が助けてくださったおかげです」

「そ、そうですか！　良かった……！」

「はい、貴方は獅子と相打ちになってしまったのです。でも、傷が浅くて良かった……」

「すみません、記憶があまりハッキリしておらず……情けない姿を見せてしまいました。愛想を尽かされていないと良いのですが……」

「いいえ、とっても素敵な雄姿でしたわ。本当にありがとうございます」

私が微笑むと、テナン王子もホッとした様子で微笑み返す。

そして、テナン王子は少し慌てた表情を見せた。

「そ、そうだ！　ペンダント！　私の近くにペンダントは落ちてませんでしたか!?」

「ご安心ください、持ち帰ってきていますよ」

「そうですか……！　良かった！」

テナン王子は手早くペンダントを自分のポケットにしまう。

テナン王子は結婚式のスーツを着たまま私を助けに来た。

つまり、結婚式の時も身に着けていたということだ。

本当に、本当に大切な物なんだろう。

私はペコリと頭を下げる。

「結婚式はまた数日後に延期いたしましょう。テナン王子のお身体《からだ》が治るまで、ゆっくりとお待ちいたしますわ」

「サティ様にお怪我が無くて良かったです。私の方も……大きな怪我ではないのでそうお待たせすることもないと思います」

「承知いたしました、ではごゆっくりとご養生ください」

私はテナン王子を残して部屋を出る。

そして、外に居る黒髪の女の子に声をかけた。

「マーサ、聞いてたでしょ？　テナン王子は無事だったわ」

「うぅ……ぐすっ！　良かった……無事で良かったよぉ……！」

私はため息を吐く。

「そんなに大号泣するほど心配だったなら入って一言声をかけてあげなさいよ」

「い、いいのっ！　テナンは私に来られると迷惑だろうし……」

「迷惑ねぇ……」

私はチラリと部屋の中を覗《のぞ》き見る。

テナン王子はペンダントを開いて、中の写真をじっと見つめていた。

「……そんなことないと思うわよ？」

「ううん、だって言われたんだもん。『もう会いに来ないでくれ』って……だから、結婚式も行かなかったし……」

「貴方の気持ちはどうなのよ？」

「……え？　な、何を言ってるの！　テナンはサティと結婚するんだし、私の気持ちなんて関係ないでしょ？」

「私はマーサの親友よ。一度でも、ちゃんと告白してから諦めたらどうかしら？」

私の言葉に、マーサはゆっくりと首を横に振る。

「言ったでしょ？　ずっと、私の一方的な片思いだって……それなのに私は何度もテナンに会いに行って、迷惑がられて……」

そして、力なく無理したような表情で笑う。

「私は気味の悪いストーカーみたいなものよ。本当はサティの友達にだってなる資格なんかないの」

そう言って、マーサは私に背を向ける。

「ごめんなさい、サティ。ありがとう……もし、また私に会ってくれるならあの家を訪ねて。じゃあね……」

そのまま、走り去ってしまった。

私は頭をかいて、ため息を吐く。

「……本当にテナン王子が迷惑に思ってたんだったら、マーサ。あの秘密の入り口を塞《ふさ》いで、貴方が自分の部屋に来られないようにするでしょ」

私は自分の部屋に戻った。

◇◇◇

「――よう、早速手に入れたな」

部屋に入ると、例の役立たず社畜神が居た。

私の部屋の椅子に座って偉そうに脚を組んでいる。

「おいこら、変態」

「……変態？」

ハデスは部屋の中をキョロキョロと見回す。

「淑女の部屋に勝手に入るなんて、変態以外の何ものでもないでしょ！」

「……淑女？」

またもや、ハデスは部屋の中をわざとらしくキョロキョロと見回す。
コ、コイツ……！
私は深呼吸して自分を落ち着かせる。

こんなことでいちいち怒っていたら、またすぐに時間切れになって帰られてしまう。

ペースを持っていかれないようにしないと……。

「ていうか、割と頻繁に会いに来てるけど本当は暇なんじゃないの？」

「いや、睡眠時間を削って来てるんだ。お前だって覚えがあるだろ？　仕事が終わらない時はどうしてた？」

「うっ、思い出して胃が痛くなってきたわ……」

前世の社畜経験を思い出して、私は具合が悪くなる。

睡眠時間を削るのは社畜の得意技だ。

「……で？『手に入れたな』ってなによ。テナン王子のこと？」

開口一番、コイツが私に言った言葉を思い出して私は尋ねる。

「そうじゃない、『ネメアーの獅子の鬣』だ。お前の呪いを解く為の素材の一つだろ?」

「あぁ、そうね。そのことで私も貴方に聞きたいことがあるわ」

私は、ベッドにドカりと座って脚と腕を組んだ。

「その大きなライオンが私にタレ込んだわ。なんか、あんたのせいで私この世界だと神々に悪役《ヴィラン》だと思われてるみたいじゃない」

「あ~、まぁ、そうかもな」

ハデスは他人事《ひとごと》のように頷《うなず》く。

「『あ~、まぁ、そうかもな』じゃないわよ! そのせいで、今日結婚式の途中で襲われたんだけど!? あと数秒で私はファーストキスができたのに! ケーキが来る前にあの怪物にファーストバイトされそうになったんだけど? 私の身体にね!」

私の怒りの声を聞いて、ハデスは頷く。

「確かに、その点については俺の考えが至らなかった。俺がお前に与えた力は簡単にこの世界を崩壊させることができるレベルだ。他の神々に世界征服の為の手先を放ったと思われるのも仕方がない」

「もしかして……私にかけられた『不老の呪い』も……?」

「恐らく、他の神による仕業だろう。良かったな、その呪いを解く方法がもう一つ見つかったぞ」

「その方法って?」

「呪いをかけた神を殺す」

「アンタを殺してやろうか？」

「悪かった……、この結果は予想外だ」

どうやらハデスじゃあどうすることもできなさそうなので、私は諦めてため息を吐いた。

「……分かったわ。じゃあ私の頼みを聞いてくれたら、そのことについては許してあげる」

「頼み？　俺は冥界の神だ。そんなに強い力でこの世界に干渉することはできないぞ？」

「大丈夫よ、大したお願いじゃないわ。一つ目は、ちょっとある人に会って話をしてほしいだけ」

「一つ目って……もしかして、二つあるのか……？」

「二つくらい良いでしょ、こっちはアンタのせいで結構迷惑かけられてるんだから！」

「分かった、とりあえず言ってみろ」

そして、私はハデスにお願いの内容を伝える。

「じゃあ、頼んだわよ！」

「全く、冥界の神をパシリに使うなんて随分と恐れ知らずだな」

「えぇ、おかげ様でね！　じゃあ、また夜に会いましょう！」

約束を取り付けると、私は夜を待った。

◇◇◇

「出てきたわ！　じゃあ、頼んだわよ！」

「分かった」

――夜。

ファリア王国の端にある小さな家の前。

その前で私とハデスはマーサが出てくるのを待ち伏せしていた。

といっても私はマーサとは会わない。

物陰に姿を隠して、実際に会うのはハデスの方だ。

いつも通り、フード付きパーカーのラフな格好でハデスはマーサに話しかける。

「おい、そこの娘」

「――!? な、何あなた!? 私はお金なんて持ってないわよ!」

ハデスが声をかけた瞬間、マーサは滅茶苦茶《めちゃくちゃ》警戒していた。

私は思わず笑いそうになるが、何とか堪《こら》える。

確かに、目が死んでるしこの世界では見ないような格好だし、不審者としてはなかなかの完成度だ。

何となく仕返しができたような気がして、私は物陰でガッツポーズをする。

ハデスは困った様子で頬をかく。

「安心してくれ、俺は変な奴じゃない。冥界の神だ」

「やっぱり変な奴じゃない! 自分のことを神だと思ってるタイプの!」

「いや、本当なんだが……。そうだな……疑われたままなのも癪《しゃく》だ。証明してやろう」

ハデスは警戒するマーサをじっと見つめる。

「……お前は昔黒い犬を飼っていたな？　名前はトロン」

「――!?　な、なんで知っているの！」

「好物は蒸した魚とキャベツの芯。お前の靴下を噛《か》んで困らせるのも好きだった、雨の日には何度も外で泥だらけになって、その度にお前が風呂で洗ってやっていた」

ハデスが変わらない調子でツラツラと喋《しゃべ》ると、マーサの表情はだんだんと驚きから穏やかなモノに変化していった。

「……うん」

「しかし、トロンが五歳の時に体調が悪くなった。寝たきりになってからもお前は最後までずっとそばにいて、七歳の最後の日までかいがいしく看病をしていたな」

ハデスは優しい目でマーサを見つめる。

「俺はトロンの魂も裁いた、お前と一緒にいられて『幸せだった』と言っていたよ。トロンは天界からお前の生活をずっと見ている、幸せを願っているよ」

ハデスの話を聞いて、マーサはポロポロと涙を流した。

「うぅ……トロン。ありがとう……」

マーサの涙が止まるのを待ってから、ハデスは話を始める。

「さて、これで俺が冥界の神だということは信じてもらえたな」

「はい……ごめんなさい、変な人だと思ってしまって……」

「変な人であることは自覚してる。それよりも、俺がここに来たのはお前に伝える事があったからだ」

「伝えること……？」

ハデスは私の方をチラリと見て、咳《せき》ばらいをすると話を始めた。

「お前はこのままだと後悔したまま死ぬことになる」

「……へ？　後悔……？」

「そうだ。お前の心に引っかかっている想《おも》い、それをちゃんと打ち明けなければお前だけじゃない……周りも不幸になってしまう」

「………」

「どうやら、心当たりがあるようだな」

「は、はい……でもこれはもう私の中では整理がついていて……」

「本当にそれで良いのか？　後悔せずに生きていけるか？」

「そ、それは……でも今更……」

ハデスは迷っているマーサに伝える。

「最後に、俺のゆうじ――知り合いからのアドバイスだ。『自分の思いはハッキリと、間違いなく相手に伝えないとダメ！。じゃないとすれ違ったまま、もう後戻りができなくなってしまうわ！　例えば、もしナイスバディになりたかったら、ちゃんとそう伝えなくちゃダメなのよ！』……だそうだ」

「――へ？　ナイスバディ？」

「まぁ、そこは気にするな。とにかく俺は伝えたからな……。少なくとも、結婚式には必ず参列しろ。

良いな？」

「は、はいっ！」

マーサの返事を聞くと、ハデスは背を向けた。

「じゃあな、次に会うときは冥界だ。今は繁忙期だから、できるだけ遅く来るんだぞ」

「は、はい……！」

ハデスはマーサの前から立ち去って私の元へと戻って来た。

「言われた通りに伝えてきたぞ……ってなに泣いてるんだっ⁉」

「ぐすっ……だ、だってぇ！　アンタがマーサと犬の話なんてするから！　マーサ……だからクロの身体を洗う時あんなに手慣れてたのね……感動……！」

「あー、俺はもう帰るからな」

「うん、ありがとう！　ハデス、上手《うま》くやってくれたと思うわ！」

「……そうか。じゃあまたな」

ハデスは、軽く微笑むと時空の狭間《はざま》に消えていった。

（アイツ、微笑むと結構可愛い顔してるじゃない……）

～平穏に暮らしたいのに、周りがそうさせてくれません～

成長率100倍チートの転生幼女

第6話 真実の愛

それから二日後。

テナン王子が怪我《けが》から回復して、改めて私との結婚式が開かれることになった。

城の大広間は例のデカライオンに壊されてしまったので、今度はファリア王国の街の教会だ。

城ほどじゃないけれど、デルボア帝国とファリア王国の兵士とメイドのみんな、そしてファリア王国の国民のみんなが手伝ってくれたから式場はとても綺麗《きれい》に装飾されていた。

城下町の子供たちが作ってくれた紙の飾りつけや、雑貨屋のおじいさんがクロを模した人形を沢山《たくさん》置いてくれたりしていて、私はこっちの方がお気に入りだ。

ウェディングドレスを着てメイクも終わった私は、控室でサンジェルに話す。

「良い？　今私が言った通りにやりなさいよ？」

「はい、サティ様！　仰せの通りにっ！」

とある命令をサンジェルにしておいた。

これで準備は整った。

あとは結婚式をするだけ……。

サンジェルや他のデルボア帝国の関係者たちを式場に向かわせると、私も時間通りに部屋から出た。

式場では前回の結婚式よりもさらに多くの人が集まっていた。

和平の情報が避難先にも知れ渡り、もっと多くの人がこの国に戻ってきたのだろう。

私が初めてファリア王国に来た時くらいの活気がすでに戻りつつあるように感じた。

バージンロードの正面に立つと、その隣にテナン王子が立つ。

そして、優しい笑顔で私の手を取ってエスコートしてくれた。

前回の襲撃で天井の破片が頭に当たって気絶していたという神父がまた今回も私たちの結婚を担当してくれている。

頭には大きなタンコブを作っているけれど、どうやら大丈夫そうだ。

前回と同じように、私たちと、参列者、そしてデルボア帝国とファリア王国の繁栄と平和を願い、例の儀式に到達する。

「では、今度こそ誓いのキスを……」

神父の言葉に頷《うなず》くと、テナン王子は私の顔をじっと見つめる。

二回目ともなると、テナン王子もしっかりと覚悟を決めてきたのだろう。

すぐに顔を私の方へ近づけると――

――バリーン！

まるで、一回目の結婚式の再現のように再び、ガラスが割れる音が響いた。

そして、神父さんの背後にある大きなステンドグラスが割られていた。

乱入してきたのは大きな白い狼《おおかみ》の魔獣。

そして、その狼には首が二つあった。

「またぁ～!?」

神父さんは再びの襲撃に驚き、そしてテナン王子は再び私を守ろうと行動する。

「くっ、サティ様こちらへ――なにっ⁉」

しかし、テナン王子が私を保護するよりも先に、私は二つ首の狼に咥《くわ》えあげられた。

私は叫ぶ。

「きゃー！　テテナン王子、助けて！」

「サティ様！　なんて素早い魔獣だ！」

二つ首の狼はそのまま今度は参列者の列に飛び込む。

そして、逃げ惑う参列者の中から、もう一方の首で若い女性を咥えた。

ハデスに言われた通り、結婚式に参列していたマーサだ。

「――へ？　な、なんでー！　きゃー！」

「マーサまで⁉　くそ、二人を離せ！　怪物め！」

二つ首の狼は私とマーサを咥えると、外に飛び出した。

そして、今度は外壁を伝って軽やかに上る。

「あの怪物は俺に任せて、避難誘導をしろ！　剣を借りるぞ！」

テナン王子は兵士から剣を掴《つか》み、二つ首の狼を追いかけて同じように教会を駆け上がった。

間もなく、狼は教会の頂上まで上り詰めた。

モニュメントとして付けられている十字架の上で私とマーサを咥えて鎮座する二つ首の狼。

追いかけてきたテナン王子も教会の屋根の上に上り詰める。

そして、二つ首の狼と向かい合ったまま、剣を向けてチラリと地上を見た。

「二人を解放しろ。落とすなよ、ゆっくりと屋根の上に乗せるんだ」

この高さから落ちたら、普通の人はひとたまりもない。

だからこそ、テナン王子もすぐに斬り掛からずに慎重になっていた。

式場に居た参列者たちは今もまだ逃げ惑っていて、この二つ首の狼に対する対応ができていなかった。

テナン王子は、時間を稼ぎたい様子だった。

私とマーサがもしこのまま教会の屋根から落とされても、地上にいる兵士たちが無事に保護できるように。

しかし、そんなテナン王子の最悪の想定をなぞるように二つ首の狼は呆気《あっけ》なく教会の屋根から私とマーサを左右に投げ捨てた。

左右の首から、教会の細長い屋根を中央に綺麗に左右。

テナン王子から見て右に放り投げられたのがマーサ。

そして、左が私だった。

「何を――⁉」

「――へ？」

「きゃー！　テナン王子、助けてー！」

あまりにも突然の行動に、まだ呆気にとられているマーサとすでに助けを求める私。

もちろん、私が地上に叩《たた》きつけられたところで一切のダメージは無いのだが。

テナン王子も二つ首の狼のいきなりの行動に面を食らっていた。

テナン王子の身体は一つのみ。

この状態だと、どちらか片方しか救うことはできない。

マーサは落下しながらとっさに声を上げる。

「テナン！　サティを助けなさい！　じゃないと許さないわ！」

「こっちです！　テナン王子！　助けてー！」

地上へと向けて重力に引っ張られる私とマーサ。

すぐに判断を下したテナン王子は、必死の形相で駆け出した。

そして、その身体は右へと跳ねる。

――そう、落下しているマーサの方へ。

「えぇっ⁉」

マーサの困惑したような声が聞こえてきた。

テナン王子はマーサを空中で抱きかかえると、転がりながら地上に着地した。

一方の私はなすすべなく、地面に直撃だ。

「マーサ、大丈夫か⁉」

「テ、テナン！　どうして私の方を守ったのよ！　サティが……！」

「そ、それは……」

「――やれやれ、答えが出たわね」

教会の反対側に激突していた私は、自分の服についた土を払いながら二人の前に姿を現した。

「サティ！　無事だったのね！　良かった！」

「サティ様⁉　これは一体、どういう……」

ワケ知り顔の私を見て、テナン王子は困惑の表情を浮かべる。

私は、種明かしをさせてもらった。

「試させてもらったわ。テナン王子、貴方《あなた》の気持ちをね」

私は二つ首の狼に手を振る。

すると、その二つ首の狼は教会の屋根から飛び降りてどこかへと走り去って行ってしまった。

「あの狼はウチのクロの弟でね、『オルトロス』って子なんだけど協力してもらったわ」

ハデスにしていたもう一つのお願いはこれだ。

冥界の怪物に式場を襲ってもらう。

そして、私かマーサのどちらか片方しか救えない状況を作り出してもらった。

私の言葉を聞いて、マーサが考える。

「えっと、つまりコレってサティがやらせたってこと？　教会にあの子が突撃してきて、サティと私を攫《さら》ったのも」

「まぁ、そういう事。教会のガラスをぶち破ったり、マーサを怖がらせちゃったことは謝るわ、ごめんなさい。怪我はないようで何よりだわ」

私はペコリと頭を下げると、今度はマーサを抱きかかえているテナン王子の瞳を真っすぐと見つめる。

「テナン王子、どちらか一人しか助けられない状況で貴方《あなた》はマーサを選んだ。そうよね？」

「……お、おっしゃる通りです」

「ど、どうして⁉　サティの身に何かがあったら、和平の話も無しになっちゃうのよ⁉　サティは貴方の花嫁でしょ！」

私は、テナンの気持ちを代弁してマーサに伝えてあげた。

「……テナンが大事に思っているこの国よりも、テナンはマーサ――貴方の方が大切なのよ。もちろん、私なんかよりもね」

「――へ？　そ、そんなハズ……だって、あんなに私の事を嫌ってたじゃない！」

「それは、貴方を守る為よ。貴方をこんな戦争から遠ざけて貴方にどこかで幸せになってほしかったから……そうよね？　テナン王子？」

私の言葉に、テナン王子は観念したように目を閉じる。

「サティ様、貴方《あなた》には何もかもお見通しなのですね……」

目を丸くするマーサを、テナンは腕から下ろす。

そして、私に深く頭を下げた。

「その通りです。戦争が無くなろうが、国が平和になろうが、そこにマーサが居ないんじゃ意味がない。俺は今、全てを投げ捨ててマーサを選びました」

ようやく、テナン王子らしい誠実で真っすぐな言葉が出てきた。

やれやれ、半分は私のせいかもしれないけれど、随分と遠回りしてきたモノだ。

「それは、なぜかしら？」

鈍感そうなマーサの為に、私はあえてテナン王子に尋ねる。

テナン王子は、曇りなき眼《まなこ》で答えた。

「俺が、マーサを愛しているからです」

「えぇ～⁉」

マーサが絶叫する。

オルトロスに攫われた時もここまでは叫んでなかったわね。

私はマーサの真っ赤に染まった顔を見る。

「マーサ、貴方《あなた》はどうなのよ？　テナン王子のこと、どう思ってるの？」

「そ、そんなの……言えないわ！　だって、言ったら台無しになっちゃう！」

マーサはこの期に及んでも言おうとはしない。

やっぱり、あのうさん臭い冥界の神の後押しくらいじゃダメだったか。

しょうがないので、私がマーサの背中を押すことにした。

「じゃあ、マーサ。デルボア帝国の姫として言うわ。嘘《うそ》偽りなく答えなさい」

私は、マーサの手を握って目を真っすぐと見つめた。

「もう良いの。貴方《あなた》たち二人を引き裂くモノはもう何もないわ。聞かせて、貴方のテナンへの気持ちを」

私がそう言うと、マーサはテナン王子に向かい合う。

そして、震える声を絞り出した。

「わ、私も……！　好き！　テナンの事が好きなの！」

「マーサ、本当か？　お前は知っているはずだ、俺の弱い所も、情けない所も……」

「それも、全部好きなの！　言えなかったけど！　本当は、ずっと……！」

マーサがテナン王子に本当の気持ちを伝えている間に、避難していた結婚式場の参列者たちも集まってきていた。

オルトロスが去って行ったので、逃げる必要もなくなったからだろう。

そして、この状況を見てザワザワと騒ぎ始める。

「ど、どういうことだ⁉　知らない娘がテナン様に告白してるぞ！」

「テナン王子はサティ様とご結婚されるはずでは⁉」

「しかし、これは政略結婚のはず！　サティ様との婚姻をしなければ、和平は結ばれないのでは……⁉」

案の定、関係者たちが慌て始めた。

私は、サンジェルに手で合図を出す。

すると、サンジェルは大きな拍手をし始めた。

「素晴らしい！　真実の愛はここにあったのだ！　我が娘のことは残念だが、デルボア帝国はこの愛を尊い和平の象徴としたい！　異論はあるだろうか！」

そう、私はこの展開を見越していた。

テナン王子はきっとマーサを選ぶ。

だから、私はサンジェルにあらかじめこのように指示していた。

——パチパチパチ！

やがて、誰からともなく小さな拍手が始まる。

すると、それが全体を埋め尽くす大きな拍手となっていった。

テナン王子は半ば私がここまで仕組んでいたことを分かっているような表情をしていた。

一方のマーサはまだ驚いた表情で戸惑っている。

二人の本音を聞くことができた私は、満足して拍手を送る。

「あー良かったわ。私も政略結婚なんかさせられなくて」

私はそう言って、ウェディングドレスのベールを脱ぎ捨てる。

テナン王子は慌てて私にフォローを入れた。

「サティ様、貴方はとても素敵な人です！　私にはもったいない！　ですから——」

「分かってるわ、テナン王子。マーサを選んでくれて、私も嬉《うれ》しいわ」

ハッと我に返った様子のマーサは、両手で私の手を握る。

「サティ、貴方のおかげよ！　貴方が私たちの背中を押してくれたから……」

「でも、最後にちゃんと気持ちを伝えられたのはテナン王子とマーサよ。おめでとう、私はテナン王子に振られちゃったけど、またすぐに新しい恋を探すから気にしないで良いわよ」

そして、今のやり取りを見ていた神父に伝える。

「ほら、神父様。結婚式を続けて」

「えーっと、こ、これは一体どうしたら」

「花嫁が代わっただけよ、魔物が突っ込んできたことに比べれば些細《ささい》な問題だわ。ほら、最後の儀式が残ってるでしょ?」

「か、かしこまりました! では、御両人! 誓いのキスを!」

神父の指示に、マーサは慌てる。

「えぇ!? そ、そっか! キス、しないとだよね! どうしよう、全然考えてなかった!」

「マーサ、大丈夫。俺に任せて」

「う、うん……! お、お願い!」

そして、テナン王子とマーサの唇がそっと触れた。

初めての恋、そして初めての失恋。

だけど、私の心はとても晴れやかで……。

気がついたら自然と祝福の拍手を送っていた。

周囲の参列者たちも、サンジェルも、デルボア帝国の関係者たちも拍手を送る。

こうして、マーサとテナン王子の結婚式は無事に執り行われた。

◇◇◇

華やかな結婚式が終わり、ファリア王国の大広間に戻って来た。

参列していた街の人々やファリア王国の兵士と使用人たちは幸せそうな様子で歓談している。

そんな雰囲気に似つかわしくないすすり泣くような声が私の周囲からは聞こえていた。

「うぅ～……ぐすっ！」

「悲しすぎます～！」

「あのね……アンタたち、いつまで泣いてるのよ」

「だって～！」

私がデルボア帝国から連れてきたメイドや兵士たちはずっとめそめそと泣いていた。

「せっかく、サティ様はあれだけの事をしてまでテナン王子と結婚をしようとしてたのに……」

「サティ様に、テナン王子と結婚して幸せになってほしかったです～！」

「うぅ～！」

私は大きくため息を吐く。

「そもそも、こんな強引な方法で結婚にこぎつけようっていうのが不純なのよ。やっぱり、悪い考えは痛い目を見るのよね」

「そんなことはありません！　恋は戦争です！」

「文字通り単身で戦争を起こしてまで求婚した人なんて初めて見ましたっ！」

「大丈夫です！　サティ様ならきっと素敵な出会いがあるはずです！」

みんなに励まされながら、私はメイドたちからの抱擁を受ける。

デルボア帝国であれだけ大暴れしたのに、見た目のせいか私って別に恐れられてはないのよね。

化け物じみた力があっても、意外とみんな受け入れてくれるのかしら？

少し、そんな希望を持ちつつ私は感謝する。

「みんな、ありがとう。あと、色々と手伝ってくれたことも。迷惑かけたわね」

「そんな！　サティ様のお手伝いができて、とても嬉しかったです！」

「はい！　サティ様の為でしたら、何だってできます！」

「じゃあ、迷惑ついでに悪いけど壊れちゃった式場の修繕、ファリア王国の人たちと一緒に手伝ってあげてくれる？」

「かしこまりました！」

怪我人が絶対に出ないようにとだけハデスにはお願いしてたんだけど……オルトロスは普通に結婚式場に突っ込んできてたわよね。

結果的に怪我人は出なかったから良いものの、だからと言って綺麗なステンドグラスまで躊躇《ちゅうちょ》なく破壊されるとは思わなかった。

職人さん、ごめんなさい。

まぁ、そのおかげで結構迫真の演技になったんだけど……。

メイドたちとの会話を終えると、私は周囲を見回す。

「さてと、マーサは――いたいた」

広間の中心で大人の男性と女性と共に笑って話しているマーサを見つけて、私は駆け寄る。

「マーサ、結婚おめでとう」

「サティ！　お父さん、お母さん！　この子がサティよ！　私の親友なの！」

マーサはそう言って、今笑って話していた二人に紹介する。

「初めまして、君がサティ？　娘が世話になっているね。娘はどうしても避難しようとしなくてね、本当に手を焼いていたんだ」

「あはは、むしろ泊まる場所やご飯を頂いたりして、マーサには本当にお世話になりました」

「いきなり娘が王子様と結婚することになって、まだ混乱しているわ。でも、娘が貴方のお陰《かげ》だって言うから……とても感謝しているわ」

「り、理解にはもう少し時間がかかるかもしれませんね……本当に滅茶苦茶《めちゃくちゃ》やってしまったので……少し、マーサをお借りしますね」

「ええ、二人で話してらっしゃい」

そんな会話をすると、私はマーサの手を引いて話す。

「マーサのご両親、戦争がなくなったから戻って来てたんだね」

「そうなの！　これもサティが戦争を止めてくれたおかげよ！　ありがとう！」

「また家族で一緒に暮らせるようになって良かったね！　しかも、これからは王宮暮らしじゃない」

「あっ、そ、そっか……。王宮……あれ？　深く考えてなかったけど私ってテナンの奥さんだから王女になるの……？」

「まぁ、そうね。頑張って二人で良い国を作るのよ」

「ちょ、ちょっと、待って！　急に荷が重くなってきたわ！　わ、私普通の庶民だし、王女なんてできないよ！」

「きっと、大丈夫よ。それに、庶民的な王女ってとても素敵よ。きっと国民に愛される良い王女様になれるわ」

「そ、そうかな……サティが言うならそうよね！　うん、頑張る！」

「それにしても、良い結婚式だったわね……マーサったら、何をするにも凄《すご》く慌てちゃって見てて面白かったわ」

私がクスクスと笑うとマーサは顔を赤くした。

「だ、だっていきなりこんな展開になるなんて！　サティったら、こんな事を仕組んでいたのね！」

「だって、マーサもテナン王子も両思いなのに、見ていてとてもじれったかったんだもの」

笑っている私を、マーサは真剣な表情で見つめる。

「……良かったの？　本当はサティがテナンと結婚したかったんじゃないの？」

「マーサが居なかったら、私は無理やりにでもテナン王子と結婚してたと思うわ。でも、今回はマーサとテナン王子、二人の関係こそが真実の愛だと思ったの」

私がそう言うと、マーサは少し顔を赤らめた。

「し、真実の愛だなんて……サティったら随分と可愛い事を言うのね」

「あっ、ち、違うのよ！　これには事情があって、私が真実の愛だなんて言い出したわけじゃないわ！」

よく考えると『真実の愛』って普通にこっ恥ずかしい言葉だ。

しかし、マーサは目を輝かせて私の手を取る。

「恥ずかしがらなくても良いよ！　凄く素敵だと思う！　私、サティも真実の愛を見つけられるように何でも協力する！」

「だから、違うのに〜！」

結局、私は真実の愛を求めているという少し痛い感じの女になってしまった。

間違ってはないんだけどさ。

「で、貴方の素敵なお婿様はどこにいるの？」

「テナンなら、サンジェル皇帝に会いに行ったわ」

「――へ？　ま、マズい！　マーサ、ちょっと私行くわね！」

「どうしたの？　――ってもう行っちゃった」

私は大急ぎでファリア王国のサンジェルの部屋に行く。

扉を開くと、テナン王子はサンジェルに深く頭を下げていた。

「サンジェル様、デルボア帝国の大切な宝であるサティ様に対してあのような大変な無礼。誠に申し訳ございませんでした……」

「…………」

「サンジェル様……？」

何も反応なくベッドに座っているサンジェルにテナン王子は訝《いぶか》しげな表情をする。

私は咳《せき》ばらいをすると、その前に割り込んだ。

「あー、テナン王子。ごめんなさい、そいつはもう度重なる配下からの報復で精神的に壊れちゃってて……私の命令は聞いてくれるんだけど」

「い、一体どういうことですか……？」

まぁ、意味が分からないだろう。

もう私がデルボア帝国の姫である必要もなくなったので、私は腹を決める。

「テナン王子、白状するわ……私は本当はデルボア帝国の姫なんかじゃないの」

私の言葉に、テナン王子はあごに手を当てて考える。

「た、確かに妙だとは思っていました。サンジェル皇帝の暴虐な性格は存じています、それが急に侵略を中止するなんて……生半可なことではあり得ない」

「私がデルボア帝国を乗っ取って戦争をやめさせたの」

「えぇ⁉　の、乗っ取る⁉」

「まぁ、詳細は省くけれど……」

私はテナン王子に深く頭を下げる。

「私は貴方を騙《だま》してた。貴方と結婚するためにデルボア帝国もファリア王国も両方利用したの」

「わ、私と結婚する為に……？」

「そうよ。テナン王子は戦争を止めた事を感謝してくれたけど、私は全部私利私欲の為に動いてただけ。だから別に感謝されることなんて――」

「――そんな事はありません！」

私の話の途中で、部屋の外からデルボア帝国の兵士たちが入って来た。

「サティ様は私たちの救世主です！」

「サティ様のおかげで、デルボア帝国は救われました！」

「戦争をしたがっていたのはサンジェルだけです！　私たちは従わざるを得ませんでした！」

「アンタたち……」

テナン王子は表情をほころばす。

「サティ様。目的はどうであれ、デルボア帝国も、ファリア王国もみな喜んでいる者が多いようですよ」

「……そうみたいね。私は好き勝手やっただけなんだけど……」

テナン王子は胸に手を当てて敬礼をする。

「サティ様、ご自分では気がついていないようですが……貴方は優しい心の持ち主だと思います。

私なんかよりも素敵なお相手が必ずいるはずです」

「ふふ……振った相手にも優しいのね、王子様は。それとアンタたち！」

私はデルボア帝国の兵士たちにビシッと指をさす。

「後の事は任せたわよ」

「後の事って……？」

「私はこの後、旅に出るから。デルボア帝国のことは全部任せたってこと！」

「そんな……サティ様は帝国に残っていただけないのですか？」

「当然よ、新しい私の王子様を探しに行くわ」

「で、でしたらデルボア帝国に居ながらでも探せます！　我々がサティ様のお眼鏡にかなう良い男性をお探しします！　それが、せめてもの恩返しになればっ！」

私は首を横に振る。

「ありがとう、気持ちは嬉しいわ。でも私のこの姿は呪いによるモノなのよ。これを解かないとやっぱり婚活も難しいから、解呪の方法を探して旅を続けるわ」

テナン王子は私の話を聞いて進言する。

「呪い……私もでき得る限り協力をさせていただきたいのですが……。解呪の方法については心当たりがあるのですか？」

「それがねー、なんか珍しそうな魔物の素材が必要みたいなのよ」

私はハデスにもらったメモを試しに見せてみた。

しかし、テナン王子もデルボア帝国の兵士たちも心当たりがないようだ。

テナン王子は、少し考えると再び進言する。

「珍しい魔物……でしたら、ここからしばらく北上して『ヒューストン』という国に行くのが良いかもしれません」

「『ヒューストン』？」

「はい、内陸の方はここよりも強くて珍しい魔物が多く、そしてヒューストンには冒険者ギルドがあります。もしかしたら、サティ様のお目当ての魔物の情報が手に入るかもしれません」

「それは良いわね！　じゃあ、次に行く場所はそこに決まりよ！」

「ファリア王国が責任をもって、サティ様をお送りいたします」

「大丈夫よ、私にはクロが居るし……それよりもお願いしたいことがあるんだけど……」

「はい、何なりとお申し付けください」

私はこそこそとテナン王子に耳打ちをする。

「これからはデルボア帝国の方も面倒を見てほしいのよ。サンジェルのせいで国がガタガタなの」

私のお願いを聞いて、テナン王子は笑みを浮かべる。

「ふふ……デルボア帝国は利用していただけだったのでは？」

「何だかんだ愛着が湧いちゃったのよ。とにかくマーサ共々お願いね」

「お任せください！　マーサのことも、私が責任をもって幸せにします！」

テナン王子とデルボア帝国のこれからについては上手《うま》くいくことを願って、私はクロを連れてファリア王国の城門前に行く。

デルボア帝国のみんなも、ファリア王国の街の人たちも、そしてマーサとテナン王子も私を見送る為に城門に集まる。

マーサはピョンッピョンと跳ねながら、大きく手を振る。

「サティ、本当にありがとう！　私たちはいつまでも友達よ！」

「マーサも元気で！　また路頭に迷ったら泊まらせてもらうわね」

「うふふ！　いつでも来て！」

テナン王子は敬礼をする。

「サティ様、御武運を……！　旅の無事を祈っております」

「テナン王子、マーサと手のかかるソイツらをよろしく。アンタ以上の男前を見つけてやるわ！」

「はい！　お任せを！」

そして、デルボア帝国のメイドと兵士たちも涙ながらに私を見送る。

「サティ様～！」

「どうかお達者で～！」

「いつでも帰ってきてください～！」

「我々は、ずっとお待ちしております～！」

「私の事なんてどうでも良いから、デルボア帝国を平和で豊かな国にできるように頑張りなさい！」

そう言って、私はクロに飛び乗る。

「さて、それじゃあ行くわよ！　クロ！」

「ワン！」

「それじゃあね！　みんな！」

私が国を飛び出すと、背後から祝福の空砲が聞こえた。

王子様略奪計画は失敗したけれど、気分はとても晴れやかだ。

「さて、私の王子様はいったいどこなのかしらね～」

そんなことをボヤきながらも私はクロに乗って真っすぐ北へと向かった。

あとがき

いつもお世話になっております、作者の夜桜ユノと申します。

本作を手に取って頂き、誠にありがとうございます！　いかがでしたでしょうか？

まだまだ未熟な作者ですが、貴方がほんの少しでも楽しんで頂けていたら嬉しいです！

本作はＤＲＥノベルズハイパープロットコンテストの受賞作品です！

これは、「プロットのみで書籍化・コミック化確約」というコンテストでして、沢山の応募作品の中から一作品、私の作品を選んでいただけました。

この作品を選出してくださった審査員の方々にも、この場をお借りして多大なる感謝をさせていただけますと幸いです。本当にありがとうございました！

私が本作を思いついたキッカケは、「小さい女の子が自分の欲望の為に動いた結果、思惑とは裏腹に周囲が幸せになっていくような平和な物語が書きたい！」というモノでした。

そして、私が普段書いている作品は主人公が凄い強さで敵をなぎ倒していく、いわゆる無双モノというジャンルでして、その結果出来上がったのがとても強い主人公であるサティです！

こういう作品は最初に意地悪な親族が出てきたりするのが定番なので、私はヴィオラというサティの妹を作り出しました。

サティをイジメる酷い奴にしてやろうと、書き始めました。

ヴィオラは酷い奴です。

アンデルセン家の長女であるサティが、剣術の鍛錬も勉強もサボって部屋に引きこもり、一〇年間ぐーたら過ごしているだけなのにイジメて……うん？

ここで気がつきました。

「そりゃ、イジメられても仕方ないわ」……と。

書いているうちに、むしろヴィオラを応援するようになってしまい、すると今度はヴィオラがサティをかばい始めて、結果あのような良い子に育ってしまいました。

そうしたらサティにも良い所はあって、書きながら「そうだったのか……」なんて思ってしまったのを覚えています。

勝手に動き回るキャラクターに振り回されて、コントロールできないなんて作家としてどうかと思うのですが、今まで一〇〇万文字以上執筆してきた私にとっても初めての経験だったので非常に戸惑いました。

サティの一番の理解者であるヴィオラは今ではお気に入りのキャラです！

そして、もう一つのお約束であるもふもふ聖獣ですが、気がついたら地獄の門番を召喚していました……。

もふもふ聖獣の定番と言えばフェンリルなのですが、冥界の神であるハデスを出した時にふと、「ケルベロスってなんか可哀そうだよね……同じ狼(？)なのに怖がられてるし……地獄の門を守っている良い子なのに……」なんて思い、大変勝手ながらもふもふ枠はケルベロスになりました。

ケルベロスといえば三つの首が特徴的なのですが、本編でも述べられている通り、「ワンオペで門を守るのじゃ大変過ぎるよね、交代で寝させてあげたい」という私の勝手な要らない気遣いから黒い大きな狼が三匹揃ってケルベロスということにさせていただきました。

こんなに自由に設定を弄ってしまってすみません。

もし、本物のケルベロスを見たことがある方は間違いをご指摘して頂けますと幸いです。

そして、最後のテナン王子とマーサの物語。

王子様×幼馴染の村娘なんて身分差恋愛が好きなので、サティに協力してもらって恋愛を成就させてあげることにしました。

サティは前世で何もかも我慢しながら生きてきたせいで、「異世界では自分の欲望に忠実に生きるぞっ！」と意気込んでいるのにも関わらず、結局本来の性質が抜けずに我儘になりきれない所が個人的に気に入っています。

理想の相手を見つけられるように、頑張れサティ！

最後になりますが、本作に関わってくださった全ての方々に心より感謝申し上げます。

もちろん、このあとがきを最後まで読んでくださっている貴方にも！

ひよっこ作家ですが、少しでも貴方を楽しませられる物語が書けるように頑張っていきます。

どうか、温かく応援して頂けますと幸いです……！

では、またお互いに元気でお会いしましょう！　ありがとうございました！

夜桜ユノ

賞金

大賞
正賞トロフィー ＋ 副賞300万
確約事項　複数巻の書籍化、コミカライズ
ボイスドラマ化

金賞
正賞トロフィー ＋ 副賞100万
確約事項　複数巻の書籍化、コミカライズ

銀賞
正賞トロフィー ＋ 副賞50万
確約事項　複数巻の書籍化、コミカライズ

豪華な最終選考委員

蝸牛くも 小説家
『ブレイド&バスタード』
『ゴブリンスレイヤー』

ぷにちゃん 小説家
『悪役令嬢はキャンピングカーで旅に出る』
『悪役令嬢は隣国の王太子に溺愛される』

松倉友二 アニメプロデューサー
株式会社ジェー・シー・スタッフ
執行役員 制作本部長

小倉充俊 アニメプロデューサー
株式会社グッドスマイルフィルム 取締役

DREノベルス編集部 編集長　DREコミックス編集部 編集長

最新情報や詳細はドリコムメディア大賞公式ホームページをご覧ください。
https://drecom-media.jp/award

DRE
NOVELS
DRECOM MEDIA 大賞
生まれていく
新時代

宰相の器を持つ小役人の、辺境のんびりスローライフ2
～出世できず左遷されたはずが、なぜか周りから頼られまくっています～

あわむら赤光
［イラスト］TAPI岡

帝国中央から辺境の小役人へと左遷されたゼン。引き続き皇女エリシャや大狼キールと一緒に、のんびり田舎を満喫していたところへ、女騎士ミナが現れる。隣県で行われる式典でのパートナーを、ゼンに頼みたいというのだ。エリシャたちの旅費も出るし、公務扱いでいいという話を聞いて、家族旅行がてら二つ返事で引き受けることに。だが現地の不穏な空気を感じ取り、近隣一帯への悪影響を鑑みたゼンは、引いてはエリシャの暮らしを守るために、職分を超えて調査を開始する――

「あくまで“僕一人でできる範囲”だけどね」

超有能小役人の、頼られまくり辺境スローライフ第二弾登場!!

DRE NOVELS

転生もふもふ令嬢のまったり領地改革記2
―クールなお義兄様とあまあまスローライフを楽しんでいます―

藍上イオタ
［イラスト］玖珂つかさ

「ライネケ様が城下町に温泉を出してくれるって！」

　領地復興を約束に大精霊ライネケ様のおかげで、キツネ耳のケモ耳幼女として人生をやり直すことになった侯爵令嬢ルネ。しかも二度目の人生では嫌われていたと思っていたお義兄様から溺愛されるおまけつきで。

　領地を豊かにすべく奮闘する中、ルネはさらなる繁栄を目指してライネケ様の力で精霊の加護を得る『温泉』を町に沸きだしてもらい、温泉宿を作ることに――!?

　領地復興しながら温泉に、おまんじゅうに、お義兄様と一緒に幸せがいっぱい！　転生逆転もふあまストーリー第2弾。

DRE NOVELS

悪徳貴族の生存戦略3

わんた
［イラスト］夕薙

破滅フラグだらけのゲーム『悪徳貴族の生存戦略』の主人公になった俺は、アデーレや婚約者ユリアンヌの協力もあって、数々の苦難を乗り越えてきた。だが、隣領のデュラーク男爵は俺の領地に対する野心を捨てず、いよいよ侵略の準備を進めていた。

迫りくる危機に対して、俺は勇者セラビミアを利用することを決意する。配下を戦力として貸し出してもらうつもりだったのだが、お前自身も来るのかよ……!!　思惑が入り乱れる中での領地防衛戦は過酷だが、贅沢な生活を手に入れるため、どんな手を使っても生き残ってやるからな！

悪徳貴族の領地運営ファンタジー、第3弾!!

DRE NOVELS

DRE NOVELS

成長率100倍チートの転生幼女
～平穏に暮らしたいのに、周りがそうさせてくれません～

2025年1月10日　初版第一刷発行

著者　夜桜ユノ
発行者　宮崎誠司
発行所　株式会社ドリコム
〒141-6019　東京都品川区大崎2-1-1
TEL　050-3101-9968
発売元　株式会社星雲社（共同出版社・流通責任出版社）
〒112-0005　東京都文京区水道1-3-30
TEL　03-3868-3275
担当編集　岩永翔太
装丁　AFTERGLOW
印刷所　TOPPANクロレ株式会社

Illustration by Nimoshi
Printed in Japan
ISBN978-4-434-35091-7

ファンレター、作品のご感想をお待ちしております。
右の二次元コードから専用フォームにアクセスし、作品と宛先を入力の上、
コメントをお寄せ下さい。
※アクセスの際に発生する通信費等はご負担ください。